王国平 主编

李 铣 诗 歌 评 论 集

成都时代出版社

图书在版编目（CIP）数据

随喜帖 / 王国平主编. —— 成都：成都时代出版社，2025.8. —— ISBN 978-7-5464-3706-4

Ⅰ. I207.22-53

中国国家版本馆 CIP 数据核字第 2025QT8379 号

随 喜 帖
SUI XI TIE
主编 / 王国平

出 品 人	钟　江
责任编辑	唐莹莹
责任校对	敬小丽
责任印制	江　黎　陈淑雨
封面设计	星星传媒

出版发行	成都时代出版社
电　　话	（028）86742352（编辑部）
	（028）86624841（图书发行）
印　　刷	成都永继达证卡数码印务有限公司
规　　格	145mm×210mm
印　　张	6.75
字　　数	147 千
版　　次	2025 年 8 月第 1 版
印　　次	2025 年 8 月第 1 次印刷
书　　号	ISBN 978-7-5464-3706-4
定　　价	48.00 元

著作权所有·违者必究
本书若出现印装质量问题，请与工厂联系。电话：（028）87750288

　　李铣：诗人，土家族，祖籍重庆秀山，现居四川成都。20世纪80年代初在成都大学中文系读书期间开始诗歌创作，后于四川大学公共管理学院社会学专业硕士研究生毕业。曾参与成都大学校园、红杏诗社、"萤"诗社、《星星》诗刊杂志社等文学社团及其文学活动，至今活跃于诗坛。

　　创作并正式发表诗歌作品500余首，其作品入选多种选本出版。著有诗集《感动》（成都出版社，1995年版）、《歌声从天而降》（重庆出版社，2001年版）、《月亮上有水》（长江文艺出版社，2015年版）、《赴永远的远》（漓江出版社，2022年版）等。

　　现系中国作家协会会员、四川省作家协会会员、成都文学院签约作家，任成都市文联第五届全委会委员、四川天府新区文联常务副主席、成都市作家协会市直机关文学委员会主任。

李铣其人其诗,永远年轻

梁 平

在一个城市待久了,就会认识很多人,交很多朋友。如果与认识的人之间没有工作或生活的交集,没有相同的心性和生活原则,那仅仅就是认识。在认识的人中,有认识即朋友的,而且越走越近。这种"近"必须讲究,即彼此的兴趣爱好,以及对人、对事"三观"的合拍。换一句话说,朋友之间,最重要的是要有相同的气息,相互能够感受到并认同这种气息。这样的朋友,不管在任何时候都不会走散。李铣在我的朋友中,就是不会走散的那个。

其实认识李铣的时间不长,我从省作协转场成都,我俩才有了交情。第一次见面就感觉他很特别,一个与诗歌相伴几十年的人,在各种场合都和颜悦色,似乎和其他写诗的人不太一样。在成都,文学圈子的茶叙、餐叙很多,各色人等,有喜欢的,有不喜欢的,仿佛都没有妨碍,人走可以惦记,人走也可以茶凉。第一次见李铣,在场的还有母涛先生,母涛先生很隆重地为他做了介绍,而他的寡言、沉稳,后来成了他在我眼里区别于他人的"标配"。

喜欢诗歌和写诗对于李铣来讲,只是他生活中很重要的业余。几十年来,李铣一直保持内敛、谦虚和谨慎。我知道他父亲就是在海内外享有盛誉的李绍明先生,一个在民族学、人类学、历史学领域具有开拓意义的学者,尤其对民族学学科的建设,以及对西南少数民族地区民族学的研究贡献甚巨。知道了李铣有这样的家学背景,就自然而然理解了他文质彬彬的低调和踏实。

但是诗歌,却是他内心一炬燃烧的火焰。李铣写诗很多年,写了很多诗,如果把李铣的生命版图划分为生活场域和精神场域,他的精神场域就是他的诗歌。这两个场域可以划分,却又是合二而一的,构成了他完整而丰富多彩的生命轨迹。"回形针似的道路,别一束格桑花,通往/并不遥远的溜溜城池"。我特别喜欢李铣的这首《去往或者回归》,"回形针"是鲜明而强烈的印记,"格桑花"是实实在在的美好,"溜溜城池"是梦幻般神秘的召唤,无论去往或者回归,人生的道路都不过如此。曲折、艰难、循环、重复,但是只要有梦、有美好的指引,就能义无反顾,一直走下去。这是李铣精神境界的另一种坚韧,也是认识李铣其人其诗的秘钥。

日常生活里的李铣和诗歌里的李铣有很大的反差。温文尔雅的李铣和壮怀激烈的李铣,之所以同体,那是形而上、下的融汇。在成都,闲暇时,朋友聚会总会喝一点酒,这是生活的一种常态。李铣也喝酒,在朋友圈子里喝酒的李铣名声很好,仿佛总是那么冷静和节制。这么长时间的接触,也没见他喝酒后像其他朋友那样闹腾。他"血脉扩张"的时候,没有外露的表现,却在他的诗歌世界里寻找自我、指认自我。"复活死亡,缝补喜怒哀乐,酒精把路面拓宽,血脉扩张的我,蹲守一角,取回大梦和时间"(《酒后》），这是他酒后和别人不一样的感受，好像这个时候的李铣，才是活生生的李铣。"血脉扩张"以后，喜怒哀乐、七情六欲都有的李铣，并不大声喧哗，而是"蹲守一角"。这一角不是逃避后的逼仄，而是退守后的辽阔，深入自己的内心世界，对情感进行修复，对梦想、时间重新确认，对模糊不清的自我实施救赎，更是倔强地为了"取回大梦"。这个大梦就是他精神世界的"溜溜城池"。在《去往或者回归》里，"溜溜城池"已经成为李铣的精神高地。再看看李铣的另一首诗《石头》："我被石头击中，石头变成我肉身的一部分。坚且硬，躲藏于废墟的祭坛，塑造一个外来的神兽"。我不知道他想要成为的那个"外来的神兽"是什么，但是我知道被石头击中的李铣，可以让石头成为自己肉身的一部分，如此强大的抗击打能力，能够把石头变成自己的肉身，让自己的身体坚硬起来，把自己塑造成可以面对更多击打、更多磨难，拥有更大能量的"神兽"。

从李铣这样的写作路径来看，这无疑是我所看好的诗歌正道，比起那些没有灵魂的花里胡哨的风花雪月，可以玩笑地说："一句顶一万句。"

借诗人少君"人诗互证"的观点来说，这么多年，李铣正是在诗里诗外描绘了一幅幅心灵图景，他总是以质朴的语言把自己独特的生命体验和细腻的情感置于深刻的思考中，为自己构建起一个充满张力与韵味的诗意世界。比如《刚刚多么好》里错过的"豆蔻"和"青葱"，《祈雨》中揭秘天地之间交换的信息，《水电站》里探讨的人类与自然的关系，《通感》里对父母的思念和对生活经验传承的向往,《乘车的人》中从现实场景探究生活背后隐藏的激情与挑战,《中秋夜：木星合月》里揭示人生的无常与对多重情感的体悟。在这些诗作中,诗人李铣游走于现实与超现实之间,通过对自然、生活、情感等多维度的观照,呈现出真正属于自己的诗意人生。

李铣已经从行政岗位退下来了,退下来的李铣好像比以前更忙了,天府新区文联的活动动静越来越大,国家级新区开出了文苑之花,似乎能看见他在花丛中奔波的身影。就在前不久的一天,重庆文联的老兄弟杨矿来电话,说身边有一个来自四川天府新区的朋友,正和他们在一起商量成渝地区双城经济圈文学艺术合作的事,他还没有说是谁,我就说一定是李铣。果然是他。他又在酝酿关于双城经济圈的大动作,一首大诗正在谋篇布局。李铣还真是一个闲不下来的人,他所操办的诗歌活动一个接一个,他的诗歌创作在他花甲以后愈加敦实、醇厚,越写越好。忙一点甚好,有自己喜欢的事情做,人就会充满活力,就会像他的诗歌一样永远年轻。

2025.2.13,洛带岐山村。

梁平：诗人、批评家,重庆人。著有诗集《家谱》《嘴唇开花》《长翅膀的耳朵》《时间笔记》《忽冷忽热》等14部,散文随笔集《子在川上曰》和诗歌批评札记《阅读的姿势》。现系中国作家协会诗歌委员会副主任、中国诗歌学会副会长、四川大学中国诗歌研究院院长、成都市文联名誉主席。

目录 >> CONTENTS

诗　说

003 | 月亮上真的有水
　　　——《月亮上有水》序 | 木斧
006 | 奔赴：至情、至性、至理、至美
　　　——读李铣诗集《赴永远的远》 | 陈小平
011 | 借助诗歌诗意地栖居
　　　——李铣诗歌简说 | 宫白云
015 | 作为历史和现实的中转站，诗歌指向自由
　　　和祖国 | 何光顺
027 | 远在近处
　　　——李铣诗集《赴永远的远》赏析 | 李永才
032 | 关于水的隐喻及其他
　　　——读李铣先生的诗集《月亮上有水》 | 林科吉
036 | 为《感动》而感动
　　　——序李铣诗集 | 龙郁
040 | 带着思想的锋芒简洁地抒情
　　　——关于李铣诗集《月亮上有水》的读与思 | 唐宋元
049 | 非叙事诗的机会叙事
　　　——读李铣诗集《赴永远的远》 | 凸凹
053 | 以诗句传递人性的温度
　　　——读诗集《月亮上有水》 | 凸凹

— 001 —

057 | 在人间烟火里寻觅诗意
　　——读李铣诗集《赴永远的远》| 王国平
063 | 今生今世的光与热
　　——简论李铣的诗 | 王学东
069 | 感在心者物已微
　　——李铣诗歌意境简论 | 肖云
095 | 读李铣的三首短诗 | 雪峰
099 | 像在爱中，万物显形（节选）| 赵学成
102 | 读李铣的诗 | 尚仲敏
104 | 还乡，在词语的指引下出发
　　——浅析李铣先生的诗写密码 | 吕历
113 | 让歌声从天而降
　　——序李铣诗集《歌声从天而降》| 李自国
117 | 远方的远还会更远 | 龚学敏

诗　相

121 | 风雅框架
　　——李铣其人其诗 | 陈晓兵
122 | 朋友李铣 | 何民
125 | 李铣与那些难忘的诗歌往事 | 马及时
135 | 歌声从天而降，诗意破土而出 | 王国平

诗　作

李铣旧作

147 | 栀子花开
148 | 杭白菊

149 | 歌声从天而降
150 | 中秋之夜
150 | 九月的村庄
151 | 新年的雨
　　——致亲爱的朋友
152 | 爱你
153 | 月亮上有水
153 | 给你写一封信
154 | 看到长江以后
155 | 完人素描
156 | 风筝
157 | 读诗的翔
158 | 关于温柔
158 | 谷雨的雨
159 | 白日焰火
160 | 一生的阳光
161 | 雨中，我去寻找一个人
161 | 姑苏城
162 | 山中遇雨
162 | 送别
163 | 何处安身
164 | 包容
164 | 不要怀疑
165 | 收藏
166 | 白马
167 | 喝酒
168 | 忧郁之书

169 | 扭住的悲伤
170 | 分水岭
170 | 昔日的废园
171 | 读史
172 | 朗读者

李铣新作
173 | 老母亲
173 | 美好的仍然是离愁
174 | 官渡上空的云（外二首）
176 | 看戏
177 | 流水渔樵（组诗）
182 | 雨季奔波（组诗）
186 | 渔樵耕读（外二首）
188 | 灵岩书院

诗　想
191 | 《赴永远的远》自序 | 李铣
193 | 《感动》后记 | 李铣
195 | 我相信月亮上有水
　　——《月亮上有水》后记 | 李铣
198 | 关于诗集《赴永远的远》的随感 | 李铣
200 | 诗魂附体 | 李铣

202 | 代后记 | 李铣

诗说帖
SHI SHUO

月亮上真的有水

——《月亮上有水》序

木斧

木斧：作家、诗人。原名杨莆，宁夏固原人。回族。曾任《指向》诗刊主编，四川文艺出版社副总编辑。著有诗集《醉心的诗篇》《乡思乡情乡恋》《燃烧的胸襟》《我用那清清的笔》《木斧诗选》等。曾获全国少数民族文学创作优秀奖、中国作家协会抗战文学奖、"大家·红河文学奖"诗歌奖。

月亮上有水。

这是一个科学的探测，这是一个诗意的描绘。"有水就有希望"，这话说得好！一切有水的地方，都会升起希望。希望是水，希望是诗，流淌在高山、悬崖、森林之间，流淌在一切生命之中。

翻开这本诗集，便看见了一掬又一掬波动的水，一弯又一弯折射的星光，一缕又一缕生活的乐趣。李铣的诗，简洁、清新、明朗，这便是我读他的诗的第一印象。

在我看来，诗意的酝造，及其厚与薄，深与浅，不在诗的长短。冗长的诗，有时难免会长出一些废话和垃圾；短小的诗，有时却能展现隽永的诗意。咏物的诗，一般都是"小写"，具体地写，写一枝、一叶、一滴，出了不少精巧的诗；而李铣的诗，多数采用了"大写"的手法，概括一个景，给你一个总体的感受。例如《车过宝鸡》：

突闻一阵马蹄声响起
犹如疾风，追着奔驰的列车
古陈仓道上
擂动蜀地的战鼓
也传来中原的气息

马蹄声响，一晃眼，八百里秦川从眼帘中跑过去了，不仅写了速度，而且包含了古今。这样"大写"的诗，不得不叫人另眼相看。

汶川特大地震引发了千千万万震动人心的诗篇，其中包含多少血多少泪，而一首《逝者对生者说》，却不见血泪，只见一段神化了的语言：

我要独自离去
去到一个地方
那里并不孤单
人们更为善良
那个地方很远很远
没有冷雨凄风中的泪光
也看不到颤抖和倒塌的墙

这段神化了的语言，并无豪言壮语，却能使我们化悲痛为力量，给生者以无限的希望。这也是一首别出心裁的好诗。这首诗虽短，仍不够精炼。这首诗的最后两行，我没有引用，因为在我看来是画蛇添足，如果予以删除，这诗反倒完整了。

李铣的诗，有许多是孔孚式的减法的运用，点到为止，不做过多的陈述。例如《沙漠》："爱情揉不得一粒沙子/沙海却容纳长久的爱情/你看：只需一汪泉源/青绿就会顽强地一往情深"。这是沙漠中沙海的自然现象，用以譬喻爱情的深度，不需要再加以别的说明了。他的诗，妙就妙在还有一些加法的运用。诗，一般忌讳重复，而他的一些诗，词语的一再重复之后，诗味就来了。例如《七夕节》："有些相遇/一眼就是一生/有些相遇/一生也不过一眼"。一、三行，"相遇"重复；二、四行，"一生""一眼"重复而顺序颠倒，诗味油然而生。

李铣说，诗，应该被视为社会化的产品，一旦"出生"，就不完全属于作者本人了。从这个意义上讲，诗人也是读者中普通的一员，故理应把自己的诗写得通俗一些，使其更加接近读者，更加接近社会。

生活中充满乐趣的人，处处都能看到天空绚丽的色彩。月亮升起来了，希望升起来了，愿你走过去的时候，你的诗会更加广阔，更加通俗，更加灿烂。

2014年6月12日，写于成都祥和里沐虚斋

（收录于《月亮上有水》，长江文艺出版社2015年版，有删改）

奔赴：至情、至性、至理、至美
——读李铣诗集《赴永远的远》

陈小平

陈小平：诗人、诗歌评论家。笔名野岸。其作品发表于《光明日报》《小说月报》等报刊。出版作品集多部。曾获评2021年度十佳华语诗人。现系中国作家协会会员、四川省写作学会常务理事、四川省诗歌学会常务理事、《四川诗歌》副主编、四川师范大学诗歌创作与研究中心主任。

时值初夏，捧读李铣先生的诗集《赴永远的远》，追问一个接着一个：远方在哪里？永远有多远？从他自然、朴素的诗句中，我体味着一种"深居俯夹城，春去夏犹清"的心绪；一种"仲夏苦夜短，开轩纳微凉"的情绪；一种"人皆苦炎热，我爱夏日长"的诗绪；一种"连雨不知春去，一晴方觉夏深"的愁绪。我揣测着给人第一印象平和、谦逊，第二、第三、第N次印象都是平和、谦逊的李铣，劳心于工作的李铣，何以有如此至情、至性、至理、至美的浓情诗意、人文情怀？他在这部诗集的自序里说道："任何作品皆发乎于心、于情、于理，从不矫揉造作，无病呻吟，意图引导自己加深对人间之爱、世间之美、社会之善,以及人生、人性、生命、价值观等问题的思考与探求。"这让人想起一句老话:一切景语皆情语。

随着中国社会的转型和思想文化的变迁、发展,信息化时代的到来,网络和自媒体的普及,当代诗歌创作受到了各种元素的冲击,语境复杂化、表现低俗化已成为一种普遍现象。只有少数坚持诗性原则而又敏感的诗人,才会在喧嚣、浮华的诗歌名利场中保持警觉,永远坚持情感、生命和记忆的鲜活与温热,李铣便是一位这样的诗人——他以生命写诗,或以诗写生命。这部诗集收录了190首诗作,分为《忧郁之书》《何处安身》《寻常时光》《风中远行》四辑,用真挚的笔触、朴素的诗语,像一位和蔼可亲的老友一样,给我们讲述着他平凡而富有诗意的过往。"这是怎么样的爱/每一个细胞都跳动活跃/每一根血管都如江河奔流/每一滴水,连同骨头/都在燃烧",读着这些滚烫的情话,我们仿佛也回到了恋爱的现场,正享受着爱情的甜蜜与苦涩;"欲望真正开始苏醒/雨后,我在山顶看旌旗飘舞/各莫寺的师父和钟声来了/灵魂安歇,又或者不安",人到中年,不惑之惑,仿佛我们又成了一支"会思考的芦苇"……

李铣这部诗集,与其说记录的是他心灵跋涉和情感流浪的历程,不如说是"60后"整整一代人的人生经历和集体记忆。这些诗,几乎触及了李铣半世人生所有最重要的方面:亲情、友情、爱情;青春与朋友、故乡与他乡、诗歌与远方。

因此,李铣的诗歌是朴素的,至情至性的。朴素原是生活的底色，也是一个人到中年的人能够持有的稳重与坚持。他的诗歌最重要的一个审美特征便是寻找镶嵌在琐屑日常生活缝隙中的诗性。他的诗歌实实在在，具体而生动，这是一种朴素之美，正如他在《清漪》中写的那样："一杯酒的生活/无关你我酒量的大小/是酩酊大醉或浅尝辄止/只要我们围坐一起/感情的浓度就胜过酒精"。这种朴素，一方面体现在他的诗歌更多地写到的是他生命中的人，比如恋人、妻子、父母、朋友，还有他自己，这让人从他的诗歌中真切地体验到生活的具体与实在。写到这些人，李铣真挚而率性，或甜蜜，或苦涩，或炽烈，或低沉，但都充满着对人生、对自然、对社会的永恒不变的热爱。另一方面，在于李铣诗歌语言的朴实。人到中年的李铣，历经生活的跌宕起伏，历遍人世的沧桑变化，并如所有"60后"一样，切身经历过改革开放以来国家、民族经历过的一切艰难、曲折与辉煌，从而变得简单而从容，平和而冲淡："其实，我真的在西湖的烟雨中/买了一件西服/只是穿着它淋雨/像雨披一样，管用"。即使是借景抒情，慨叹人生，也没有华丽的词藻和繁复的意象，这使他的诗歌语言远离了浮华与艳丽，回归简单朴素。

李铣的诗歌又是理性的、自然的，因而是美好的。将抒情之"我"与客体之"物"融为一体，"以我观物，故物皆著我之色彩"是李铣诗歌创作的美学理念之一。他从平凡、庸常甚至琐屑的生活原点出发，着笔去描摹人物风貌、草木山川，以此来思考人与人、人与自然之间的关系，表现出自我内心的真实感受。具体来讲，他的抒情之"我"是与他生活的世界融合在一起的，显示了他的"诗化"的生活并非恍如梦幻，自我的命运也未经偷梁换柱，一切都那么真实、自然，呈现出一种真实、自然之美。以《雨中，我去寻找一个人》为例：

> 雨中，我去寻找一个人
> 要走完泥泞的道路，有苔藓
> 要经过潮湿的天空，有阴霾
>
> 我带着诗歌，这些词语是我的敲门砖
> 带上迟到早退的春天
> 带上重新出发的柔情
>
> 她住在那并非想住的地方
> 我要借助雨中的植物的呼吸声
> 把她唤醒

诗人写抒情之"我"寻找"一个人"的状态，而被寻找之"人"一直居于幕后，这个寻找的过程极其艰辛，不仅有"泥泞""苔藓"，还有"潮湿""阴霾"，尽管如此，抒情主人公还是义无反顾，或者为了爱情，或者为了理想，"带着诗歌"，"我要借助雨中植物的呼吸声/把她唤醒"。这最为简单，但也是最能够直击人心的纯粹，不仅让人在阅读之后掩卷遐思，而且在阅读时就已体验到了作者灌注在万物之中的"温暖"气息。这种既充满哲思的光辉，又具真情实感的诗篇，在这本诗集中不乏其例。如《人到中年》里"走到荒凉苍茫的高原/没有退路，风雨弥漫"，

《芽庄的风》中"如果没有美女/还叫什么美景"等等。李铣诗歌的美感正是来自诗人从生活中的见闻出发,抓取让人感动的瞬间,以抒情之眼寻觅掩藏在生活琐屑之中的诗情与哲思,透过文字,让读者感受到这种抒情之"我"与客体之"物"融为一体所带来的真实之美。

走笔至此,已时至黄昏。抬眼望向窗外,远处都市的地标建筑在渐蓝的夜幕中,显得瘦骨嶙峋。这让我想到,生命漫漫又汲汲,人的一生其实就是一次确定了终点的旅程,一切终将消亡,唯有记录生命疼痛、温暖的诗卷,才有可能与时光同在,而李铣深谙此理矣!

(收录于《赴永远的远》,漓江出版社2022年版,有删改)

借助诗歌诗意地栖居
——李铣诗歌简说
宫白云

宫白云：诗人。辽宁丹东人。著有诗集《黑白纪》《晚安，尘世》《省略》，评论集《宫白云诗歌评论选》《归仓三卷》《读诗简史》等。获《诗选刊》中国2013年年度先锋诗歌奖、第四届中国当代诗歌奖批评奖、第三届《山东诗人》杰出诗人奖、首届长淮诗歌奖年度杰出诗人奖等。

德国哲学家海德格尔说："人生的本质是一首诗，人是应该诗意地栖居在大地上的。"但许多人都在为生计忙碌与日复一日的精神麻木中丧失了诗性，与他们不同的是，一身清气、诗性十足的诗人李铣，还怀揣着拾回"诗意地栖居"的信心与灵魂深处的感动。他是当下带着温雅的诗性、慈悲的胸怀、禅意的心境用心写作的诗人，内敛静默，沉稳深厚，不事喧哗。他的诗是智性与感性的结合，让我们看到的是思想与形象、经验与体验的融合。丰富的人生阅历、厚实的生命经验，给他的诗歌提供了丰富的创作源泉与广阔的视角。

作为一个具有深厚文化底蕴

的诗人,李铣的诗用词带有明显的古典诗词风格,但他的诗绝不是古典的。他突破了古典诗词唯美、和谐的氛围,致力于打破纯然抒情的格调,显示出叙事与抒情并行的现代性特征。古典性与现代性兼备使他的诗歌呈现出一种与众不同的风貌,如他的一首《空隙》:"在忙碌和平淡之间/有一个狭窄的空隙/你的影子投放其中,慢慢生长/像小阁楼装不下一只彩蝶/让时空喘不过气来//阳光饱满,白衬衫和印花裙飞舞/'从我的灵魂抽取精确的碎片'/——这些真实历史的精华/位居我们的宇宙深处/刚好,制造出思念的品牌"。这首《空隙》让"诗意地栖居"不请自来,准确地表达出诗人在人生的"忙碌和平淡之间"独享心灵那个"空隙"的美好之境,浪漫、细腻,弹跳感充足,句式变换自如,意在言外。把心灵深处的意蕴表达得饱满丰润,似信手拈来,又充满生命动态的微妙。诗人在诗中变成天线,向四面八方传递他的心音。时间没有漏掉"空隙",时间在诗人这里留下的纹理,诗人用"空隙"保持了它的维度。

从日常生活的现场或某个感兴趣的事件进入诗,无疑是李铣诗歌极为重要的写作手法。他置身于生活现场,然后与它们进行思想、精神、情感、心灵上的连接,在思绪飞扬中拓展诗歌的内部张力,并在这种拓展中获得意义上的裂变,体现出一种卓见的独特魅力,如《老油条》《食羊》等。"油条下锅,像道袍加身/炸开旧时光的奢望//这简朴的事物来自煎熬/意欲将个人主义的味觉改变"(《老油条》)。"羊沉默着/在沸锅里迎接食客的饱嗝/窗口的麻雀东张西望/——这生死道场,人间小事"(《食羊》)。这样的诗句引起的反思和反讽，把一种不经意的写实抽象为深刻的思考，"老油条"双关语的暗示充满一种戏剧性的反省；"羊的沉默"暗示了一种挣扎的徒劳和物种生存本身的残忍。李铣的敏锐与慧识往往能让他抓住日常现实和人生境遇的绝对瞬间，并从中拓展出深刻的寓意。

可以说李铣的诗歌写作是对生活和语言的持续擦亮，他不急不躁的写作心态，也让他的诗歌呈现得自然、放松。诗歌写作中，放松很关键，太绷紧的诗歌就像一个人僵硬的身体，给人不舒服的感觉。诗歌应该放松了去写，不要花招，也不卖弄，就那么收放自如地去写，尽管有时候可能把水杯放到阳台上，把花盆放到卧室里，但诗歌却需要这种不那么按部就班，让人有些惊讶得瞠目结舌的资质。而李铣的诗歌就充满了这种收放自如的"资质"。他的诗歌外在朴素，内在深刻，带有一种天然的可感性、超越感和强大的渗透力，既有思想的质地，又有温润的抒情，如《蚊子》《未来的朋友》等。"在场"更是他写作的独到法门，无论是身体、现实、情感等等的"在场"，他都会全身心地融入，在进入、体验、停驻中，或去感受，或去体悟，或去沉浸，或去捕捉……也正是有了这些，才有了诗人一首又一首的"出神"之作，如《水下书店》《乐山"战时故宫"遗址》等。当他徜徉在"水下书店"，"栖息于哲思与真理的怀抱"，不由自主便生出了"何不就此沉潜，如鱼逍遥？"的"逍遥问"。而面对历史的"遗址"，他并没有讳莫如深，而是借助诗歌发出深重之声："和平是一颗躺下的子弹/在历史中守着旧伤/也可出膛，破雾飞翔和怒吼"。可以说，李铣在处理这些历史题材时，显得格外的深邃与成熟,特别是修辞上的精确和结构把握上的老道,使他的这些诗分外醒目。

总的来说,李铣是个非常清醒的诗人,不趋时、不做作、不追潮流、不怕被"遗忘",一直不疾不徐冷静地写着具有他明显的个人特征的诗歌。他惜墨如金,不粗制滥造,他紧揣手心的诗理,给万事万物以恰当的尺度,并依凭对语言的精准把握来表述他对人生、对现实的思考与感悟,并借助诗歌诗意地栖居。

(原载于公众号"诗赏读",有删改)

作为历史和现实的中转站，诗歌指向自由和祖国

何光顺

诗人是以他的诗篇赢得他的读者和重构他的生活世界的。在隐秘的道路上，有很多遗失的古老的踪迹，只有诗人才能将其挖掘和重新发现。

一、无法预料的人生总有诗意闪烁

大约2018年7月，我收到四川"存在"诗群组织者陶春兄推荐的诗人李铣的一组诗篇，包括了《初雪，或心甚烦乱》《寄》《清明这一天》《姑苏城》《旺苍坝（红军城）》《中年》等10首。我认真阅读了这组诗，喜欢其有如老僧入定的禅悟和静修，如这些诗句："这个冬天，雪花/突然间降下/我总感觉到/有一些东西将离我而去/又有一些东西会不期

何光顺：评论家。笔名蜀山牧人，四川盐亭人。论文发表于《哲学研究》《文学评论》《清华大学学报》《文学理论研究》等报刊。出版学术专著《南方诗论——以广东新诗批评为中心》，主编或参与主编《南方诗选》《珠江诗派》等。现供职广东外语外贸大学，系广州市青年作协事理.

而遇/是什么呢？喝着窖酒/看落梅入泥"，有一种很安静的氛围，诗人用雪花降下和落梅入泥来比喻人生的聚散，顿让人生出幽然玄远之思。又如作者写清明的雨水和思念："欲望真正开始苏醒/雨后，我在山顶看旌旗飘舞/各莫寺的师父和钟声来了/灵魂安歇，又或者不安"，这是经历人生风雨后的心灵反观，钟声带来禅意，自我灵魂冲突而后得到安宁。又如写旺苍坝时，诗人引出了历史的哲思："任何胜利都可追根溯源/如同，客从故乡来/记忆的钟声此长彼消"，一切盈虚和起落，都不过是历史剧场的开幕和谢幕。又如写中年："紧赶慢赶，一不小心/就跨过秋天的栅栏/凋零或裸露/溪瀑一般横在眼前"，年岁家园太过容易苍老，它藏不住人生的秘密，而将脆弱完全裸露，诗人以"跨过秋天的栅栏"来比喻人生跨入中年，以"溪瀑"来比喻一种人生脆弱性的裸露，都颇形象，极富禅境而引人深思。

在读完这组诗篇后，因当时正忙于其他两部书的编选和出版，未来得及做整体评论，但应陶春兄之约写了两百余字评论，以探讨这组诗的精神世界和艺术品质，我当时是如此评说的：

人生总有很多突然的瞬间，无法预料，也无法逃离，诗却让突然的不可预料之事，成为永恒，让因缘里动荡的刹那渐趋澄静。李铣的诗，就如高僧参禅，参悟出人间因缘，烛照出动静变化里的幻有。他写出人生如寄的美丽，写出古老祭奠里的深沉，写出城墙剥落里的历史回音，那胜利和失败，那岁月和伤痕，那梦里的忧郁和冷冷的雪，那外来的节日里我对故乡村庄的回返，无不显示出一个经历着风霜的男子汉对于生存的思索和探照，精神之光照出一世的浮尘，却也在它坠落的大地上生长出绿意葱茏的诗篇。

李锐的诗就是能与人的内在之生命、内在之思相呼应的。这段评论，也是我力图把握这组诗篇的内在乐章和生命节奏的尝试，虽然未曾具体化，但某种程度上也可能触及了诗人的普遍性的生命意识与寄托于历史的审美体验。

在将这段评论发与陶春兄后，陶春兄方才告诉我，李锐是身在宦途却写出了很多高质量作品的优秀诗人，其为人也耿介爽直、低调内敛。这颇让我感动。当代诗人能够安静地写诗的，已经很少了，太多诗人过度热衷于自我宣传，这种过度宣传可能妨害了诗人展开内在性写作的深度。诗人，作为文化和精神的贵族，不当从流俗和大众那里赚取吃喝，而当看重知己者相赏或以道相求。以道观诗，则诗不在众人之臧否，不在于奖项加冕。一个真正的诗人，就注定了孤独。这孤独，不是诗人要断绝自己和这世界的关系，反倒是他和世界建立起了最丰富、最神秘的内在关联，而难以被那些心灵迷失于名利的大众理解。诗人并不是要拒绝大众的，而是在其最深的旨趣中抵达众人丢失的具有内在普遍性和独特性的生命之境，这种诗意隐藏于人之中，却为人所不知。

当皇权在汉武帝那里到达极盛之时，司马相如却以其"包括宇宙，总览人物"的"赋家之心"写出了生命的苍茫和辽阔之境。当中国古代集权制度在开元天宝年间达于盛极而衰时，从四川走出的李白，吟唱出了冲破囚笼的自由之声,从河南经陕西入川的诗人杜甫,也在这里攀上了他艺术人生的巅峰。在文化达到最高峰的北宋中期,从四川走出的诗人苏轼,总是对其时的政治权力保持着距离和警惕,这是一个不断退隐和进入生存的终极之境的诗人的道路。在我看来,李铣,也是在这样一个精神维度上追踪着那些近两千年来的优秀四川诗人与中国诗人的足迹,而实现着自己宦途中的精神的退隐与安宁。因此,我将李铣看作是蜀地山川孕育的儿子,他生在这里,也为这里贡献着他的灵秀的才华。

二、诗意在历史和现实的保藏中抵达自由和祖国

现实世界的入仕和心灵的退隐,构成了李铣诗歌的两端。从根本上来说,入仕是中国古代读书人学以致用兼济天下的理想实践,但这种实践,必须要在另外的维度得到涵养,那就是诗人的精神,就是孔子称赞《诗经》时所说的"诗三百,一言以蔽之,曰:'思无邪'""《诗》,可以兴,可以观,可以群,可以怨。迩之事父,远之事君。多识于鸟兽草木之名"。仕者与诗人的双重角色,互为滋养,诗之本质持存、涵养性情,仕者方不至于在现实中迷途,诗人也需要在现实的维度上敢于去践行理想,方不至于落于空言求名。在时光的漫长旅途中,诗人李铣就找到了生命的内在向度与外在秩序的平衡,"感到阵阵回归的步履／而理性层面,内在的向度／正从'必然'向'自由'上升"(《我的中秋》)。这美的人间的化身,就是上苍的恩赐,它在一个交界处和一道门前等待,等待一场洗礼。这

是爱的洗礼。

在古典时代,华夏的优秀诗人,都在抗拒着政治权力的压制,在伸张着具体而微的个体生命权力,正如屈原在仰望圣人重华中坚持自己的理想,诗人李铣也在追念陈寅恪这样的优秀学人中继续着自己的行程:"先生,你脚踩一段佳话/ 向西行走,转而向东/ 进入隋唐时的祖国// 你已不能自拔/ 把藤椅坐成洞穴/ 每当月明星稀才走出来/ 踏着这条小路/ 通往人心或无人之境// 偌大的草坪上,小路像刀刃/ 剔除历史的藩篱/ 留下'以诗代史'的骨筋/ 最终,你用你的盲眼/ 获得跨界和再生"(《陈寅恪先生故居前的小路》)。这首诗是诗人2019年8月到广州出差时,专门寻访陈寅恪先生故居所作。当时,李铣带领成都组织部一些年轻干部到中山大学学习,因为诗歌的缘份,当时我邀请了在广州的四川诗人郑小琼、女性主义文学批评家柯倩婷教授、同为四川老乡的博士后张巧、云山凤鸣诗社成员赵璠,还有广州著名诗人燕窝等小聚。燕窝刚好在此前以截句方式推出李铣的诗《谒上海巴金故居》:"朝拜一棵树/ 我推门而入,才发现/ 庭院里藏着无数棵树/ 树木参天,直刺苍穹……但我不朝拜这座洋房/ 它的铁栅,它的石头/ 曾经与疾风骤雨一样/ 把灵魂和崇高/ 变成哑巴,锁进阁楼"。这种具有内在结构的截句方式带给读者一种新鲜体验,并借助作者诗篇而开启一种新的话语建构。李铣的诗在广州诗人燕窝这里无疑是再次得以重新发现,这是精神和心灵的共鸣,正如燕窝因其主题而做的发挥:"朝拜一棵树,让爱和枝叶一样茂盛"。

诗人寻访陈寅恪故居,就是对诗歌、历史和祖国关系的重新发现。诗人的祖国，不是仅仅局限于当下政权或国家的存在，而是具有存在论上的精神含义，它一直都在每个人心中。诗人在对陈寅恪的缅怀中，进入了每个人与生俱来的文化的和历史的祖国，"向西行走，转而向东/进入隋唐时的祖国"，在这里，祖国就与个体生命的自由创造及其历史传统实现了紧密关联，祖国和自由同义，它是每个人的庇护所，并在历史里得到保藏，祖国就可以看作个体的自由创造在历史维度上的展开。当爱因斯坦说："哪里有自由，哪里就是祖国。"这种精神意义上的祖国几乎不再是任何具体的国家，又相对具体。自从有国家以来，诗人就开始了寻找祖国的真义。屈原的国不仅仅是楚怀王、顷襄王的国，而是楚人的自由精神所投射的历史的和精神意义上的国；陈寅恪的国，也不是某个君王的国，而是其"独立之人格，自由之思想"的国；诗人李铣前来朝拜的就不仅仅是陈寅恪的旧居或旧居前的小路，而是那小路延伸向远方的精神意义上的国度。诗人也由此在自由和存在论的意义上探讨祖国精神作为个人庇护所的意义，诗歌的精神也由此在祖国的历史性展开中得到升华。

三、作为分水岭或中转站，诗歌敞显存在

这种诗人之由现实进入历史纵深的写作，也呼应着我所探讨的文学缘域化写作，也就是"文学是文学而又非文学"的命题，诗之花朵是在非诗的茂盛的沃土上方始盛开的。诗人李铣和他的同事或下属们虽然是到广州出公差的，但却又在生活中将一种学习予以日常化，这种学习就是源于生活而又超越生活的，而这也是诗歌的双重性所在：诗

与我们的生活世界密切关联，但又照耀了这个世界；它出于现实，而又抵达历史与未来。李铣的写作，就在历史、现实和未来的相互映照中形成了平衡，这种平衡，并非没有冲突，但却在冲突中实现了和谐，让人获得了一种源于历史的深度和厚度，找到一种宁静。这种写作，也就延续了我们这个民族最擅长的咏史和怀古主题，如其在《读史》中所写到的："捧起坍塌的时间/历史的螺旋从巫术中转出/天人合一：苍茫的青山……一介布衣，眷恋稻麦、佳肴和烧酒/挥洒下思想的盐/经验主义委顿和消弭之际/一些新词/在纸面感冒，生成并卷起风暴之眼"。诗人在时间里读出了历史的隐蔽的秘密，那里有华夏诗人融于山水的天人观，有孔孟老庄的话语机锋，有布衣书生和稻麦烧酒，有文字的魔力所卷起的风暴。作为仕者的李铣，是深通诗之语言的秘密的，这也让他在可能泥泞和坎坷的仕途中仍旧抱持着源自中国古典诗人的那样一种士君子情怀，并有了践行于现实和朝向未来前行的勇气和动力。因此，李铣的诗篇就因为一种历史意识和面对未来的自觉而获得了对现实的深度观照。他常常从具体物事写来，随物随事而起兴咏怀，如《稻田酒店》中所写的："稻田里的酒店/欲望托起超验生长性/农耕文明的性格/变得开朗起来"，这首诗的开篇就气象阔大，胜过很多诗人写城市时所局限的促狭之境。诗人形成这种气象的因缘就在于进入了文明的根本处，觉悟了民族的生活方式与西方古典形而上学的距离，正如诗人在诗篇结尾处所写的："稻穗很怀旧/举杯吧！趁今夜苍茫/静静写下读后感"，这种乡愁似的民族诗人的怀旧之情，也让中国当代汉语诗人避免了被西方现代主义诗歌同化的弊端，而为当代诗歌引入了中国文明的视野。

这种源于中国文明及其历史传统的自觉书写，摒弃了太多当代中国诗人对于西方文学的囫囵吞枣的拿来主义。读李铣的诗，总能看到他从自己所深爱的足下的土地，进入其久远传统的寻根之旅，如《资阳人》所写的："回溯，走到时间的尽头/资阳人的背影/压弯昼夜奔流的河水/简单明了的星空下/闪亮的石器上下挥舞/蜀人原乡，'掘井及泉'/人类啊！这些最早的美学动物/头盖骨孕育出头脑风暴/穿行洪荒或野兽之间/保留了火种/保留了认知与灵性/才有万年以后的一阵熏风/让彼岸的稻麦生长/传世的经书也被吹拂"。时间之线牵起了资阳人的遥远的历史故事，河水、星空、石器、掘井、洪荒、野兽、火种、认知、灵性、稻麦、经书……自然万物和人类精神获得了内在的联系，这也是华夏文明具有整体性的生命轨迹。诗人在《南津古驿》中也写道："古驿站被厚厚的云层覆盖/没有阳光的闷热让汗水回流/从龙泉驿奔赴南津驿/老榆树被闪电移栽江面/成渝公路已气喘吁吁"，这是就驿站写驿站的实写，而后下节转入虚写，写到了驿站之外："走出去！就是一片天地——/阿弥陀湖畔的乡村/建设者和采风者纷至沓来/沉默的铁砧、犁铧及拴马桩/散发着现时的神韵/久久回荡，鹰飞鱼跃"。这是诗人精神的飞翔，驿站不再只是实物或信息的传递，更是精神的流转和抵达。

在《历史：人文时光》中，诗人又如是言说："历史撞响洗涤后的编钟/钟声的芳香，不绝于耳/带给打鱼人与观赏者/从此岸到彼岸，从彼岸到此岸"，诗人所写的历史是富于声响的，是充满生机的，是渔人的劳动和观赏者的视野结合着的,这里有着诗人对民族历史的传承和自觉重建。正如我在论述向以鲜的组诗《我的孔子》时所说的:"传承,就意味着传统要从文字书写和物态存在进入个体生命的血液和灵魂,让个体生命关联着民族生命,有了从时间性向着历史性的生成。只有重建,才有以华夏文明的道统来应对当代世界的复杂文明问题,而后唤醒伟大传统中所必有的先锋精神和现代意识。"诗人所写的历史,就不再是故纸堆或地下古墓式的考据式存在,而是一种生命精神的延续和重造,一切现实之物,都被灌注历史精神,历史余韵在现实之物中回响,诗歌的语言也由此在生活化和历史化中得到淬炼。这也正如我在谈四川"存在"诗群的先锋性时所指出的:"相较于早前的朦胧诗派,从四川'第三代诗人'到'存在'诗群,始终强调自己的文化根基,始终在面向自己的民族语言、历史和先知的写作中,来向世界文学展现当代中国诗歌的独特精神与艺术维度。"虽没有直接加入,但作为与"存在"诗群具有密切关系的诗人,在这种面向自己的民族语言、历史和先知的写作自觉中,李铣和四川"存在"诗人却是相通的,共同在寻找现代汉语诗歌的历史脉络中发现其迥异于当代西方诗歌的独特精神与艺术维度,都在向着根源的回返中禀领神圣,以重建另一个"新"的开端。

　　李铣的诗因为非常注重生活、历史和未来的多重维度,其诗篇在多重因缘的集结或缠绕中获得了一种弹性和张力。因为源于生活,而有现实感和生命感;因为源于历史,而有纵深感和厚重感;因为面向未来,而有使命感和超越感。正如《中转站》所写的:"突然心尖上的颤抖/有谁知道?

一次痛/就是思想的中转站/传递'渔樵耕读'的意象——/古老文明的情感",诗人的语言和诗篇,就构成了现实和历史的中转站,在这里,他始终怀抱着"祖先的遗产",这"祖先的遗产"就形成了他在写陈寅恪时所吟咏的祖国的根源性维度。我们常常说诗人是爱国的,又说诗人是人类的,这就是因为诗人的"国"通于普遍性的人类精神,亦抵达祖先所开创的本原性精神。这样,我们就理解了,"祖国"作为一个现代概念,它引入了时间性和历史性维度,让一种世界性或普遍性精神得以具体体现出来。政权—国家—祖国,就是一个逐层上升的过程。现实中的事物需要不断被超越,这种超越就是上升到精神的普遍性的过程,也是中国古代士君子的修身—齐家—治国—平天下的从个体升华到普遍的进路。

李铣在他的诗中也写到了挣脱现实之国或族群争端的普遍性上升之路:"其中的一部分/ 可以作为哲学的嫁妆/连同琴棋书画的至美/ 和止戈为武的良善/ 一起升华……进入黄皮肤的血脉和山川",现实之物或诗歌只有其一部分,或其最内在的精神部分方可以作为哲学的嫁妆,与一种"至美"的艺术"琴棋书画"联合,实现"止戈为武的良善","一起升华","进入黄皮肤的血脉和山川"。我们这样一个东亚的民族或种族,就是与至善和至美的精神有着内在呼应的。一种和平仁爱的精神,源于保护生命、制止战争的良善,它始终是以诗篇作为抵达至美至善的路。诗人的写作也由此形成分水岭,分出了文明和野蛮的界线,"开辟新的分水岭——/我的村庄依旧肃穆/诗书与稻谷堆积/堂屋供奉祖宗/屋顶的亮瓦,像伸出一只暖暖的手/抚摸我的脸庞,扒开/土壤下行走的汉字"(《分水岭》),汉字和汉语诗歌里储存和保藏着诗人关于祖国和历史的记忆。在华夏的诗人这里,汉语诗篇就始终保藏着温暖,也在回溯历史中指向未来。李铣的诗,就是他历史哲学精神和他诗歌艺术精神融合下的产物。优秀的诗人,必有历史意识、现实关怀和未来向度,这三重思考,就构成了一种历史哲学精神。这种关于诗的历史哲学,也是关于诗歌、生命、祖国和传统的哲学,它在李铣的写作中得到了典型的体现,而这也大约是我们言说和探讨李铣诗歌的意义所在。

四、不是结束的讨论

在这篇评论即将完成时,我把后来的评论标题"作为存在的分水岭,诗歌指向自由和祖国"又改回了"作为历史和现实的中转站,诗歌指向自由和祖国",这也是与诗人李铣建议将这组诗的标题拟为"稻田酒店·读史·中转站"相呼应的。评论标题先用"分水岭"是想与组诗标题的"中转站"适当错开,但现在看来,两者完全可以统一,并将"中转站"这一概念作为组诗甚至诗人作品的一个核心元素贯穿始终,我们是中转站,我们的诗歌也是中转站,作为个体,我们要抵达自由,作为人类的存在,我们要获得源自先祖和祖国的庇护,以找到存在和安居之家。只要我们尚在人生努力的途中,我们就始终处于那些的中转站点上。中转站,不是诗人的也可以成为诗人诗歌的一个关键词,是命名也是区分,是存在的尚未完成和正在完成。

这个评论标题包含了历史和现实,即我们生活世界的过去和当下,虽然看似还欠缺了未来的维度,但在回溯过去中,我们可以汲取智慧和力量,它们必将被运用在未来,不言未来,而未来自在其中。生命或生活之存在,就在时间的历史、现实和未来的三维(以《资阳人》《读史》《历史:人文时光》为例),以及空间的六合(以《稻田酒店》《南津古驿》《罗城之船》为例)之中,但这种区分又不是断然的,而是时间中蕴含着空间,空间中又蕴含着时间。如《资阳人》,看似对历史的追源,却是一个空间的可见存在;《南津古驿》看似一个当下可见的驿站,但它又因其古而蕴含着历史性的时间;在最后两首《分水岭》《中转站》中,则巧妙地植入了前六首所创造的时间、空间形式,从而形成了一种具有普遍性上升的既有界限区隔,又绵延贯通的混合式言说。分水岭可以是中转站,而中转站也构成分水岭,我们人生总是在不同的区分中呈现出不同的面相,有着不同的作为站点的路标,以指向我们的终极归宿或存在。

远在近处

——李铣诗集《赴永远的远》赏析

李永才

李永才：诗人。重庆涪陵人，作品发表于《诗刊》《星星》等报刊。出版有诗集《空白的色彩》《城市器物》《灵魂的牧场》《南方的太阳鸟》《与时光伦理》等多部。现系中国作家协会会员、成都市作家协会诗歌委员会主任、《四川诗歌年鉴》主编。

李铣近年的诗歌写作，以敏锐的自觉意识和使命感，深刻体悟社会百态，准确把握日常公共生活的精神境遇，在浮躁和喧嚣中实现了自我的内敛，在沉寂而本分的叙事中不断精进。在历时性的生活经验书写中，体现出不寻常的艺术创造力、感染力和表现力。体现了以下几个特点：

一、在平常中寻求不寻常

李铣的诗集《赴永远的远》以"忧郁之书""何处安身""寻常时光""风中远行"作题，分为四辑，近200首诗歌作品，集中表达了诗人对人间之爱、世间之美、社会之善，以及对人生、人性、生命、价值观等的思考和探求。他的诗这样写道:"先生,你脚踩一段佳话/向西行走,转而向东/进入隋唐时的祖国//你已不能自拔/把藤椅坐成洞穴/每当明月星稀才走出来"(《陈寅恪先生故居前的小路》),"十二年巨石滚动,'道'痕深深/偶有的蝉鸣,吹拂不了/夏天的初心"(《归来:先父李绍明先生藏书捐赠后》),这是一种简单而朴实的书写,更是一种至情至性的书写。诗人对亲人及所有敬仰者的情怀与悲悯,超越了时间和空间的局限,而内化于人间烟火之中。诗人梁平在解读诗集《赴永远的远》时说:"我以为,这里的远,不是明天的远,也不是未来的远,而是精神原乡的回望和指认。""这个午后的场景/有了一种舒缓的玄机/黄桷树叶尖上/滴下某些禅意"(《朗读者》),诗人以慈悲之心,凝视现实的一草一木,通过诗歌,寻找诸神的行迹,企盼神性的回归,这样的诗句无疑是最好的指认。而诗人老房子谈道:"从书名就可以领会到作者是以一种诗歌精神在持续不断地探索追求。在繁忙的公务之余,他还这样勤奋地写作,可见其对诗歌的敬重、对生活的钟爱和对未来的执着。"这也许是诗人沉潜于人性与生活的往事追忆,并乐于接受命运和自然的一切馈赠,始终对纯然的澄澈之境抱有渴慕的缘故。

从《栀子开花》《诗与远方》及《何处安身》等几篇诗歌所选题材来看,都是身边的亲情、爱情等日常生活现场和个人经验。或行吟叙事,或碎片化记录,或即兴抒情,都是诗人对历史、生存的省察与个体存在的感知,渗透着诗人深刻的在场体验,以及对生命和人生价值的严肃思考。我们看看他的诗歌:"梦里教堂制造的钟声/带着春光徐徐围拢/你始终如一地盯望，最终/让各自年华散尽"（《栀子花开》），"那对远方的渴望/好比围城，逃离'北上广'/仍然找不着北/生活的笼子无处不在/欲念之火，躲在幽暗处冷笑/早已烧掉风花雪月"（《诗与远方》），诗人的情感不再缥缈于神迹，而是在空灵中有了更为具体而鲜活的内容。诗歌是一种紧紧围绕语言展开的艺术，它要求我们必须用语言去吸附时代经验，并对之进行诗意的转化和美学提升。李铣的诗歌已从日常经验的描述向哲学和美学方向转化和重塑，而不是停留在传统口语诗歌的平淡和寡味上。"我的马蹄疾，先于沦陷而行/爆炸在身后，为我鼓瑟鼓琴/前景妖娆：/除夕夜，布老虎在飞"（《布老虎在飞》），"咳嗽的钥匙/打开没有抵抗力的废园/我的心像顽石一样融解/压住的时间和语言/也欢呼跳跃起来"（《昔日的废园》），他的创作艺术融知觉、情感和想象为一体，为我们观察社会和他人提供了一个独特的维度。

二、在大俗中探索大雅

当今时代，经济和技术都发生了广泛而深刻的变化，消费主义的喧嚣和技术至上的狂欢，给每一个诗人的内心都带来了极为深刻的影响。从李铣这本诗集来看，无论是语言、意象，还是思想内容，他都竭力从时代的影响中挣脱出来，将目光投向脚下的土地和身边生命的尊严和体面，将对他们的挚爱与关照悉数转化为诗人的精神源泉和渊薮。还是用他的诗歌说话吧："新鲜的白面馒头/从外到里，美好纯正/内心在旋转，抛开/残余的虚汗和慵懒的灰尘/一路跌跌撞撞"(《白面馒头》),"心口堵了一块糖,正慢慢融化/那阵阵甜香,让我乱了方寸/也离间我与这个世界的距离"(《心口堵了一块糖》)。再比如,他在《清漪》里写道:"一杯酒的生活/无关你我酒量大小/是酩酊大醉或浅尝辄止/只要我们围坐一起/感情的浓度就胜过酒精"。易杉从李铣的诗中,"发现了虚构和非虚构的写作路径,这或许已成为当代诗学考量的话题。不仅呈现为一种修辞力量,也同时呈现出一种充满生机的精神力量。诗人李铣的诗歌气质,更多地与他的精神气质和人格保持了一致。谦逊是诗歌多么宝贵的品质"。在李铣的诗歌中,能读到人间烟火,读到日常、朴素和高贵。这是诗人李铣,以高度的自觉与责任,把异质多元的历史和不可预知的未来统一于现实,让传统和理想在现实中找到恰如其分的归处。

三、在近处追赶远方

每一个诗人都有自己的语言与意象谱系。李铣的每一首诗歌都着眼于近处与身边,他对这个世界的好奇和打量,成就了一个有见识、有坚守、有思考的诗人。诗人王国平对李铣的为人与为文给予了高度评价,他说:"几十年来,李铣的诗歌创作从未间断,即使在他诸事缠身的岁月,他也总是能在繁忙而琐碎的生活中捕捉到稍纵即逝的诗意……他从20世纪80年代初开始诗歌写作时,就坚持作品必须发乎心、情、理,说真话、说人话,坚决摒弃矫揉造作与无病呻吟……李铣的诗歌有着迥异于他人的个性与气质:人间烟火在下,思想光芒向上。"这些赞许之词,可以从李铣的诗歌中得到印证。"让歌声再次击中/阳光下胜利的后遗症/扭住的悲伤乃我的原罪/哲学的花瓣置放于餐具中/任人分享,也任人批判"(《扭住的悲伤》),一个疲于奔波的灵魂在自然之境中,重获自由,就像哲学的花瓣,任人分享,精神的满足不言而喻。

"在今天,我们面临科技和社会的不确定性,这种同时涉及表层经验及深层结构的变化,不仅是质变性的,而且是加速度性的,这种加速度,必然对主体世界造成巨大的冲击和改变。在此意义上,时代经验永远是常新和独特的。"(李壮:《大历史观、大时代观与新时代诗歌创作》)李铣的诗歌体现的正是落脚于人生,情感和个体处于浩瀚世界和复杂社会时的自我意识和现实体验。他对这个纷乱的世界始终保持着一个诗人的警醒。诗人通过对近处世界的细心观察与思考,展开对生命的终极追问,不管方式和手段是否有力,总会获得精神境界的一次又一次拓展,这就是诗歌的远方,李铣的远方。"一介布衣,眷恋稻麦、佳肴和烧酒/挥洒下思想的盐/经验主义委顿和消弭之际/一些新词/在纸面感冒,生成并卷起风暴之眼"(《读史》)。我们有理由相信和期待李铣对生活的隐秘体验和理解,将更多地被提炼和转化为具有历史认同和美学情怀的诗歌精品。

(原载于《四川诗歌》,2022年秋季号,有删改)

关于水的隐喻及其他
——读李铣先生的诗集《月亮上有水》

林科吉

林科吉：文学博士，从事文学理论及文学人类学研究，发表相关论文20多篇，出版专著《神话——原型批评的中国之旅》。现供职于四川省社会科学院文学研究所。

读到李铣先生的诗，实属偶然。在忙碌与奔波中，我过着粗糙肤浅的生活，我虽然也算是一个文化人，或者靠研究文化吃饭的人，但早已与诗歌拉开了距离，早已不知诗为何物。乍见诗集的名字"月亮上有水"，突然间就感到了一丝慰藉，"有水才有生命"，而诗歌就是水！在生活的围困下，我们早已失去了本真，于是更加感觉到苍白与佝偻。诗歌如水，滋润生命，保持我们感官的鲜活和感知的敏捷。诗歌可以浇灌我们干涸的心灵，可以清洗蒙尘的眼睛。

首先，要感叹的是作者李铣先生在当下还有写诗的勇气。诗歌无论在传统社会还是如今的信息时代，都是小众的。一方面，普通大众为生计奔波，无暇顾及精神生活，更不要说以诗歌这样精练与精致的形式来表达精神生活了；另一方面，普通大众所忧虑者，多是不能赚更多的钱，不能升上更高的职位，以及不能在更快的时间里完成这一切。当我们的眼睛为现世的尘埃所遮蔽，当我们的心灵被世俗的功利所驱遣，当我们的身心为肉体的享乐所牵绊，我们既看不见优美诗意的东西，也容不下关于美好未来的遐想。反过来说，诗歌既不见容于这个虚华的世界，诗人也就难免成为稀有动物。早已有人感叹文学的死亡，但是更值得悲痛的是"诗人之死"。文学死了，还有其他艺术样式的存在，诗人死了，这个社会的精神就将枯萎、凋谢，我们心灵的花园里将会野草疯长而开不出美丽的鲜花，我们精神的渊泉里将见不到鸢飞鱼跃的生动，而是一片荒漠，我们的生命活动里只有粗蠢的喘息。生命气息里失去了芬芳，我们的人生旅途中看不到风景，我们也只不过是索然无味的过客。记得陆游有《渔翁》一诗，云："江头渔家结茅庐，青山当门画不如。江烟淡淡雨疏疏，老翁破浪行捕鱼。恨渠生来不读书，江山如此一句无。我亦衰迟惭笔力，共对江山三叹息。"诗人感叹的是这老渔翁生在画中却看不到画，过着具有诗意的生活却写不出诗歌。在陆游的笔下，这个老翁和自己一样，都是可怜的，虽都自有苦乐，奈何有口无才说不出。殊不知人生识字忧患始，芸芸众生，生而为人已为生老病死所困扰，而当诗人，则无疑会更多一层苦恼：常人看不到的他却觉得刺心，常人不屑的他却感到纠结，常人不理会的他偏别具怀抱。诗之为物，真真的"造次必于是，颠沛必于是"！

李铣先生的这本诗集是十几年来的创作结晶，可见他并没有被世俗潮流所改变。从诗集的内容看，或行旅感怀，望月兴叹，如《第一掬水：诗稿上的山河》；或对景抒情，托物寓志，如《第五掬水：天庭里的歌声》；或回味青葱岁月，咀嚼现实的苦涩，如《第二掬水：笔尖下的地气》《第六掬水：抽屉里的旧诗》；或流连光景，感叹岁月，如《第四掬水：指缝间的节气》；或恋亲忆旧，怀人伤时，如《第三掬水：流水中的时光》。这些东西在常人看来，是不必花力气去品味咀嚼的，因为那是自找苦吃，大家不都是在找钱吃饭、喝酒行乐中坦然而过吗？但是诗人却能在忙忙碌碌之余，跳出扰扰凡尘，汲汲于写诗，这就不但需要更多地学习，更需要一种去过与众不同的生活的勇气。

其次，写诗需要的是真情。诗歌将平凡事物从其日常性中超拔出来，俾其显出异样的色彩，出之于真情；诗歌将杂乱的世界从混茫中整顿出秩序，靠的是真情；诗歌将委顿的人生从衰靡中振作起意志，也要靠真情。但是，当下的我们早已远离了神话、传说，甚至早已失去了对原始象征的感悟能力，与万物为邻、与自然相亲的纯真。

然而，通过"水"这一象征，我们却依稀看到了微茫的希望，水乃"道之始"与"德之端"。地球表面大部分被水覆盖着，人体中比重最大的也是水，我们人类文化中无处不有关于水的隐喻、水的神话，无处不存在水的原型意象。几乎每个民族都有过关于大洪水涤除罪恶的神话，最美的山峦必有溪流环绕，最美的女儿是水做的骨肉，最悲的情愫必化作泪水以宣泄之……所以诗人写道："忧郁的我面对滴墨的笔／仿佛共同流下热泪"（《用笔书写》），"岷江上游的一滴水……这滴水就是我的女儿……"（《女儿》）。

水是万物的基元，寄托着人类最淳朴的感情，暗寓着最隐秘的动力。我们有时需要似水柔情，有时需要潮水般的情怀，有时憧憬如水中涟漪一般的爱情，更需要雨水般滋润万物的真情。干涸的大地、枯萎的荒原，苍白的人生、死寂的内心，最需要的是什么呢？当然是水！而水是什么呢？水是诗歌！

（收录于《月亮上有水》，长江文艺出版社2015年版，有删改）

为《感动》而感动
——序李铣诗集
龙郁

龙郁：诗人。四川成都人。曾参加《诗刊》社第3届青春诗会。著有诗集《情窦·69》《木纹》《龙郁诗选》等多部，编有《中国·成都诗选》等选本。曾获《北京文学》奖、四川省文学奖、金芙蓉文学奖。现系中国作家协会会员、《诗家》主编。

20世纪80年代初，是诗坛草长莺飞的花季。

成都市西城区文化馆有一株生机盎然的《浣花》，东城区文化馆有一枝跃然出墙的《红杏》……

就是那时，在浣花诗社与红杏诗社的联欢会上，我和李铣初识。弹指间，十多个年头过去了，真可谓物是人非啊。当年那些风华正茂的文学青年有多少早已褪去了身上诗的灵光，被淹没在芸芸众生中，只剩下苍白的躯壳……

这当中，李铣是个例外。他钟爱缪斯，痴心不改，既不功利，又无虚荣，而是"放下笔来相对而坐/无论今夜往夜/——你守着这世界/我便守着你"（《无题》）。

虽然缪斯不能给人金钱，却在潜移默化中渡你以灵秀、聪慧、正直、热诚。这便有了我们今日看到的这位热爱生活、热爱事业、对工作认真负责、对朋友真挚热情的李铣。而这也正是我和他友谊日深的原因之一。

与诗对坐，其实是指一种创作境界，首先你要耐得住寂寞与诱惑，管它窗外物欲横流、尔虞我诈、纸醉金迷。但请别误会，这不是遁世或逃避，而是一种陶冶和净化，说修炼也成。"坐下来"不是坐，而是"神游于等待之内之外/也许有一天黄昏/我将奋起，作仰天长啸状……"（《一首诗的诞生》）真可谓十年磨一剑，没有比"写一首属于自己的/真正的诗"对诗人来说更有魅力的了，历来文章千古事。

在这本诗集中，我们可以看到李铣的创作足迹。当年的他是从单一的托物言志中起步的，写下了一些如《题童年相集》《写在作业本上的诗》《课堂写意》《毕业会上》等较概念化的篇什，如果没有猜错的话，他之所以将其收入这本诗集，也是对人生某一阶段的纪念，何况其中也不乏真情。在《看到长江以后》这首诗中，李铣便陷入沉思，开始冲破自我——

看到长江以后
再看其他江河
会感觉渺小和狭隘
心胸被江水冲刷
便获得了一次
顿悟

好一个"顿悟"！记得我任《星星》诗刊函授学院辅导老师，面对各式各样入门或未入门的作业稿件而无言以对时，总是无可奈何地告诉别人："写诗的关键就一个字——悟！"其实，这是一句大实话，悟便是比较、推敲和领会。创作的突破，首先是观念的突破。同是写身边的琐事，李铣是选择捕捉那些最灵动、最具象征意味的情节，如《关于梦》："早晨醒来/上幼儿园的女儿问/昨晚的梦/是不是都跑到枕头里去了"。全诗仅四行，没有多余的枝蔓，且不谈语言的洗练，其内涵恐怕远不止童趣吧。

李铣是一步一个脚印走来的，尽管走得很难，却很踏实。我们试看他的两首近作：

在《咖啡屋》中，我们不难看出，李铣在语言和手法上更接近"现代"，同时，也更注重内心世界的感受。瞧，那掀开珠帘的，不是手也不是风，而是钟声。"一盆幽兰放在桌边/伴着热气盈盈的咖啡/供我们用心品尝……"在这里，咖啡和兰主客倒置，诗人究竟在品尝什么呀？大师仙逝，歌者尽散，只"留下我们/在此屋檐的庇护下/去营造某种隔世之感"。哦！原来如此。跳出物质世界，回归精神领域，诗人于不知不觉中，为我们营造了一种幽远的意境。其兰心蕙质，可见一斑了。

而在《优美的箫声》中，李铣感知的触角伸得更远。由"我们无法拒绝/某一处传来的箫声"起兴，他思维的翅膀飞进夜晚，越过黑压压的楼群，去到城市边沿……直抵远山中深不可测的庙宇。

有这样的知音，吹箫者有福了。诗人于结尾处感叹道："我的先知先觉啊/长街上，只留下我孤独地倾听"。不见了玉人姿容,诗人啊,你在倾听。知道吗?我们也在倾听——期望着你写出更新更美的诗来。

1995年2月8日

(收录于《感动》,成都出版社1995年版,有删改)

带着思想的锋芒简洁地抒情

——关于李铣诗集《月亮上有水》的读与思

唐宋元

唐宋元：作家。四川宜宾人。曾任四川文艺出版社编辑室主任、《峨眉》常务副主编。著有小说集《初恋日记》、长篇电视剧本《徐福》、电影剧本《亮亮的梦》、音乐剧剧本《凉山美人》等。现系中国作家协会会员、四川师范大学电影电视学院教授、四川大学锦城学院兼职教授。

当许多人都在计较利益、追逐现实的时候，李铣却注目着远方和诗，让我这个久不为诗的"曾经的诗人"心生温暖和感动。我一口气就将诗集初读一遍；在几天的时间里，又反复再读，选读，有时还忘情地朗诵——可见我对这部诗集的喜爱。我问自己："这部诗集最大的特点是什么？"得出的结论是："带着思想的锋芒简洁地抒情。"

我觉得李铣不是那种激情澎湃的诗人。他的诗，不以"煽情"为目标，不是一看就能让你燃烧，而是让你"慢热"，越来越不能自已，让你产生"解读"的欲望，并且又是经得住"解读"的。我想，我这样说，明眼人一看就知道这个评价已经很高了。是的,很高,但我不是打胡乱说,我有我的理由。朗诵是读诗者的思索方式,感悟是爱诗者的特别战利品。

我自己阅读《月亮上有水》的过程就可以从一个方面来说明问题。早年读贺敬之、郭小川的诗,后来又读叶文福等诗人的。毫不掩饰地说,我真的被燃烧了,跟着他们的诗情奔跑,自己也想变成激情洋溢的人。他们的诗风影响了很大一批青年人,语言明快热烈,节奏鲜明铿锵,明白如话不让人费解,当然也是诗意盎然的(我不同意说他们的诗"没有诗意"的观点,尤其是郭小川后来《雪和山谷》等作品更上一层楼)。任何一个时代,都需要多种诗风并存,"各美其美"的。当年以一种诗风打压另一种诗风,在现在看来是不文明的行为。但现在再以一种诗风去打压另一种诗风,当然也同样不文明。李铣诗的诗风与他们的是明显不同的,虽然李铣也有一些类似那种"直抒胸臆"之作,但从总体上看,与"热烈抒情,明白晓畅"的诗风显然有别。在阅读过程中,我也朗诵他的诗,但这种朗诵与朗诵贺敬之的完全不同,朗诵时得到的个人体验也完全不同,朗诵李铣的作品,不会燃烧和奔跑,是因为我需要咀嚼,需要思考。为什么?因为他的诗有时不是看一遍两遍就"明白"的。我朗诵,是因为我要思索,在声音、节奏、韵律和语意间思索。

作为读者,需要思索。我因此觉得诗人李铣写诗时也不是只让自己激情飞扬,豪兴难抑,"跟着感觉走",而是跟着思索走的,同时他又比较好地把握了一个"度",在理性思索和感情奔放之间,他以意象的捕捉、选择、表达为准绳，有效地控制了自己，让自己没有因为思索的理性而失却诗意，也没有让自己因为情感的燃烧而放逐理性。这也是一种所谓的"戴着脚镣跳舞"。显然，在自己的方式和习惯中，李铣已经获得了某种自由。有诗为证——

李铣的《栀子花》是一首仅有十行的短诗，不妨全文引在这里：

> 依然盛开在往昔的风中
> 病中的我，嗅不到它的芬芳
> 近的太远
> 拥抱成为今生的期待
> 鸟儿明白眼下一切
> 望穿秋水的不仅是我
> 苍白的花影后
> 一支暗箭
> 射中伤口，使未能表达的心事
> 喷涌出来

读这首诗，我想绝大多数人都能一下子就感觉到它的"现代"气息。的确，这是一首从精、气、神上都充溢着现代精神、现代味儿的"现代诗"，有着明显的"现代派"诗的特点。虽然也是咏一物而抒己情，但若是将它归入"咏物诗"的传统，我想许多读者都会觉得我很冒失。是的，它不是一首一般意义上的"咏物诗"，而是巧借传统"咏物诗"之形名，进行着创新"现代诗"之探险。

这种探险，表现在对传统咏物诗的突破上。

传统的咏物诗，诗歌意象与所托之志水乳交融，一般来说也是明白晓畅，让读者从其意象的选择和意境的开拓上产生惊奇，从而得到启悟和美感享受。读这样的诗，思想和情感所获往往同时而至，如饮甘醇。比如于谦的《石灰吟》："千锤万凿出深山，烈火焚烧若等闲。粉骨碎身浑不怕，要留清白在人间。"如果不看标题，也许读者稍微会觉得费解一些，但诗人所拟的标题，既是"泄密"，又是"画龙点睛"。这里，标题和诗浑然一体。尽管所有一切被"和盘托出"，但从意象选择的独具一格和兴意寄托的独出心裁，以及二者的相辅相成、如影随形来看，这种"和盘托出"，虽然很直接，但是直而不露、直而不白，虽然明白晓畅、一读便懂，但是意境深厚、味道十足，诗意醇美而隽永，全在其立意崇高。

李铣的这首《栀子花》是一首现代咏物诗。它从传统咏物诗的裔胞脱胎而出，但它的表现手段却不相同。第一，它不像《石灰吟》那样句句都从石灰这一意象出发，而是句句都不描画主题意象的外形、体貌等等，将笔墨集中于意象内蕴，亦即诗人所寄的情感与精神内涵，从意象开始，很快便生发、跌宕开去，以简洁、平易但不无锋利的词语描写"一场风花雪月的事"。我想，仅仅十行的短诗，其前四行，我借用海岩的一部几十集的电视连续剧剧名来概括，大多数读者恐怕不会太责怪我。换作是我，也许就像于谦那样，从意象栀子花的洁白、芳香起兴，句句围绕着这个特点直抒己意，点染心中寄托，写出一首传统意味十足的"新诗"也未见得。李铣知道自己必须另辟蹊径。他没有句句围绕意象写"神"画"魂"，而是大胆离开，借用"赋比兴"之一的"赋"之手段,以叙写代抒情。这样一来,很有可能将诗写得很长,但李铣没有,他虽然突破了传统手法,但又能够对自己实行高度控制,不让诗成为流水账。第二,诗既短小,又非句句写"神",如何能够达到立意高而寄托深?李铣的办法是力求在简短中创造丰富,故而他采用了(也许他写作时并未想到有意要"采用"什么手法)"扩大时空跨度"和"揭示矛盾冲突"这两种艺术手段,从而使诗意在叙写中充分发酵,导致最后虽然酒缸不大,但却酒味(亦即诗味)醇浓、芳香弥久。栀子花为何"盛开在往昔的风中"?"往昔"到诗人写诗的时候究竟有多长时间?"往昔"的"风"是什么风,与今日之风一样不一样?"暗箭"为何要射中"伤口"?是谁施放的"暗箭"?射中的是谁的"伤口"?为何它又"使未能表达的心事喷涌出来"?李铣的十行诗中,可谓处处有玄机。诗之妙,往往就在这些玄机之处。新诗因"玄"而增意,因"玄"而颇费猜详。但你又分明会感到,十行诗像一出生活的戏剧,在你的想象中有声有色地展开。

这里,李铣的《栀子花》作为"现代"咏物诗而与传统咏物诗的显著区别就呈现出来了。除了手法的不同,最根本的是二者在美学特征上的分野。《石灰吟》的美学特征是"显",在单一中见深度和高度;《栀子花》的美学特征是"隐",在多义中求丰厚和内涵。

为什么说《栀子花》是多义的?不仅是基于我个人读诗的感受。这确实不是一首让人一读就能明白了然的新诗。前面说过,贺敬之等人的作品是诗味浓郁的,但它们都是让人一读就能明白什么意思,并且只有一种意思(或者说大多数读者都会得出同一种意思）的。这种类型的诗，其诗意的创造也是不容易的，至今也少有人能达到他们的高度，也许就足以说明一切了。我也不是说李铣与贺敬之等诗人就是一个"量级"的，我是说《栀子花》的诗意与贺敬之等诗人作品的诗意是殊异的。我把《栀子花》作为一首以咏物诗面目出现的爱情诗来看待，但不同的读者从他们自己的生活经历和文学修养出发，完全可以得出另外的看法，这也是十分正常的，有道是："一千个读者就有一千个哈姆雷特。"是的，我个人读《栀子花》，也不是一下子就"懂"了，而是读了数遍，经过猜详方得感悟的。"直白"可以有深意，"隐晦"也可以有深意，这是两种迥异的诗美形态——个人认为，不能以一种诗美去排斥另一种诗美，必须排除的是，没有深意只有直白的"直白"和只有隐晦的"隐晦"。不能只要白居易，或者只要李商隐，不能因为白居易而排斥李商隐，也不能因为李商隐而排斥白居易。诗美的形态还更为丰富多样，比如也不能只要杜甫或者只要李白，也不能因为李白而排斥杜甫，或因为杜甫而排斥李白，如此等等。

　　《栀子花》让我思考李铣诗歌创作的根基。我认为李铣的诗歌创作是"其来有自"的。他的诗，是从我国深厚的诗歌传统上开出的新的花朵。从古典诗歌和广义的现代诗歌即"新诗"创作传统和诗人等方面，都可以找到李铣的前辈。来自传统，在传统基础上走自己的创新之路，这正是李铣诗歌显现的个性，或者说走向成熟的原因。任何无源之水、无本之木都是没有长久生命力的。关于李铣的诗歌前辈，我想到了唐朝的李商隐和现代文学史上过去提得不多，但又不得不提的卞之琳。这是两位个性特点十分鲜明，但又有着相近的诗美特征的诗人。一言以蔽之，古有李商隐，"现"有卞之琳，二人的诗歌都取得了极高的艺术成就，共同特点都是"隐晦"或曰"多义"。李商隐的《锦瑟》，卞之琳的《断章》，一古一新，但两者的美学特征却是"别无二致"。古诗用文言，其音韵格律甚至语词系统，都有相对严格的规定，人们面对《锦瑟》，虽然不懂，但不会说它"不是诗"。"新诗"又叫"自由诗"，可以完全不讲音韵格律，而且是用白话文写之，面对《断章》这样一时叫人捉摸不透、大嚷"不知所云"的作品，有人就会说，这些"口水话"怎么会是"诗"呢？但真正懂诗的人说它就是诗，而且是诗中之诗——好诗。当时欣赏卞之琳的，可都是文坛巨擘，比如徐志摩、朱自清、沈从文、李健吾、李广田、废名……

李商隐的《锦瑟》八行，卞之琳的《断章》四行，李铣的《栀子花》十行，我不是"别有用心"，要将李铣与李商隐和卞之琳相提并论，说他们就是一个等次的诗人，而是说李铣是前两者的继承者，同时也是发扬者。李铣的诗歌道路还是漫长的，而这三首诗在美学特征上是异曲同工的。《栀子花》其源也远，其师也优；李铣的诗其路也正，其格也雅。

我以对《栀子花》的分析来说明的李铣诗歌的这种美学特征，是他的一种主要创作倾向。这并不排除李铣还有一些另一样的诗歌。比如《城市歌者》等一些诗，就是让人一读则懂的作品。而这些作品中也包含着李铣写诗的优点，即他并不因为直抒胸臆便做直白的喊叫。读李铣的诗，有时你可能会感到"白话文"可以达到佛家"偈语"式的禅意:"做一件好事/心就比海更宽"(《一支烟的工夫》);有时你可能会为他对某种现实的断喝而心跳:"开发的一把火/烧掉了原生态/让习惯于打造风景的人/终被风景遗忘和湮灭"(《所谓古镇》);有时你可能会为诗句蕴含的童话风格而感到温暖:"不与破坏的台风为伍/只去擦亮/太平洋上的月亮和星星"(《女儿》);有时你会发现一些让人亲切得心颤的意象:"心中就始终有一块/美滋美味的凉糕"(《四川天气播报》);有的意象让你感到独绝而具有非凡的创造性:"转眼空杯长出白发/沉默的心如同沉默的酒/越放越醇"(《告别酒》);有时你会会心于语词运作方面的慧心:"既已燃烧/该放弃对峙和抵挡/并且/拒绝拒绝"(《点燃》),两个相同的词并置于一行诗中,但词性不同,前为动词,后为名词,充分利用了汉语的丰富性和表现力。从这些例子,可以见出李铣在诗歌创作时的多方发力。他为"一读就懂"的诗作注入思想的、情感的、形象的、语言的……多种力量,使其"直"而不"白",既明白晓畅,又耐得住咀嚼。

在李铣一读就懂的诗中,力度和深度都让我感到特别"震撼"的,是那么简短的《致谭千秋》《爆竹》等作品。前者写抗震救灾英雄,结句是那么铿锵有力——"物质坚持物质的腐烂/精神坚守精神的光辉"——它使我想到"卑鄙是卑鄙者的通行证/高尚是高尚者的墓志铭",虽然它在意象方面不如后者,但其力度与后者相当,已属不易,于此可以感受到李铣的提升空间。《爆竹》也是一首咏物诗,开头写爆竹在现实中的作用,显得较平,但李铣懂得"平中见奇""平起奇出"的道理,所以,他紧跟着笔锋一转,便进入哲理层面,平淡中立即奇峰突起:"其实与魔鬼打交道/何须冲天一吼/默默应对/也是一种选择"。笔触于此,意及于彼,诗之道也。李铣就是这样。我在结束此文时再申一次题意:带着思想的锋芒简洁地抒情,并以此作为对李铣这部诗集特点的一个概括。

(原载于《成都日报》,2015年6月27日,有删改)

非叙事诗的机会叙事

——读李铣诗集《赴永远的远》

凸凹

凸凹：诗人。本名魏平，祖籍湖北孝感，生于四川都江堰。著有诗集《大师出没的地方》《桃果上的树》《蚯蚓之舞》《劳动万岁》《水房子》《怀揣手艺的人》。曾获金芙蓉文学奖、四川文学奖。现系中国作家协会会员、中国诗歌学会理事、四川省诗歌学会副会长、成都市作家协会副主席。

李铣的诗创作历程、诗学追求与诗歌本相，我是熟悉的。读《赴永远的远》，总的感觉是，虽然每首诗依然操持了既有的短制路线，但其呈现的三观格局、思想深度、诗歌水准，却较以前结集的作品，有了新的垦拓与滋补。它不是一本叙事诗集，内中也没有哪怕一首可纳入叙事诗范畴的作品，但这本非叙事诗集，却又一直在叙事，从头至尾都在叙事。故事主角为"我"，次角为"你"和"她"，再次为"他"和有名有姓者；事件与情节似有似无，若隐若现，不像小说、散文那般细密和完整；或碎片记事，或即兴感事。总之，一路事象不断，叙事不断。作者的身体现场、精神现场和诗歌现场，与时间、空间、人物、事件等一一对位，相互作用、反应与生发。

作者在用诗的非叙事章程与言语，叙什么事呢？第一部分"栀子花开"叙的是爱情、亲情等方面的事，第二部分"诗与远方"叙的是作者行走祖国大地和旅行域外城邦的事。对其他方面的叙事，则让其安身在第三部分"何处安身"中。

上述叙事中，更多地穿插了爱之事。我注意到，诗中，作者用众多的同一时空和不同时空的爱，体现了爱的专一。窸窣款步在诗中的"爱"字，达73处之多，而爱的同义词"阳光"，则达37处之多。人世间没有什么困惑、烦恼和问题，是爱和阳光不能解决的。在爱的区块，作者还数次写到了两位住在云端的亲人：慈祥的祖母，博学的父亲。不少诗人都是组合汉字、玩词语的高手，句子惊艳，诗歌漂亮，偏是让读者看不见心跳，摸不到温度。在李铣这里，不存在这一问题，不仅是他的诗歌里长着深情，甚至可以说诗歌就直接长在他的深情里。

除了爱之事，作者还喜欢穿插植物事、寺院事和季候事。

桐花树、构树、辛夷花、矢车菊、菩提树、榆树、椴树和榛子树……都能在他的诗歌土壤里找到自己的位置与脸面。正是这些郁郁葱葱、顽强生长的植物，为他的诗歌提供了花园、森林和大自然的水分，让他的诗歌有了与大地产生紧密联系的路径与根须。从他将首辑命名为"栀子花开"即可看出，他对植物有多么偏爱与执着。

作者还多次写到了寺庙、寺院、钟声，甚至教堂，这让我看见了他在他的诗歌中下着雪，下着安静、清洁、禅意、慈悲、博爱和终极关怀的雪。

连生命、万物都是季候孕育出来的，诗歌哪能脱离季候的酿造与深窖？作者以自己的结句方式、换气方式，做着打通历史、现实和未来关节的事。给时间写史是神的事，但通神的诗人，是有权用一册诗集著出自己的时间史的。

通读《赴永远的远》，我们会发现，作者总是不遗余力地在文字里制造事端与机会，让思的表达与诗的表达迎面相遇。所谓事端，就是能从作者远去的尘封往事中唤回来的动词化的记忆。所谓机会，有三层意思，一指具有时间性的有利形势，二指出现了新的选择，三指关键和要害之处。

接下来，我们来看看作者是怎样用非叙事诗，制造事端与机会，来实现他的诗事的。

先是因灵光一闪，诗歌来了，就给了叙事一个机会。正是看不见的机会，给了事件看得见的光，让叙事得以成形、上道。如果作者一开始就想到叙事，却又迟迟感受不到叙事里的诗，他一定不会动笔，动了也会搁笔。即便是命题写作，也是发现了可能的诗，才敢下笔，从而在写作过程中，追踪和捕捉到诗。一句话，是诗给了叙事以机会，使记忆叙事成为机会叙事。

写到最后，似明白了书名《赴永远的远》的朴素旨趣。李铣是在用诗歌去抵达他诗歌的远方，并在这一行动中去抵达他探索世界、关爱人类的远方。可是，远方那么远，怎样赴呢?"钟声敲响……我的自燃,像钻木取火照亮自我/还想照亮一米之内"(《一米之内》)。原来,他是用一个又一个的"一米之内"在赴。显然,那是一个靠谱的、可堪奔赴的远方。

(原载于《成都商报》,2022年4月21日,有删改)

以诗句传递人性的温度

——读诗集《月亮上有水》

凸凹

文学的功用是多维度多方面的,譬如言志、状物、抒情、叙事、赞美、批评、娱乐等,林林总总,不一而足。但文学是有一条底线的,那就是,文学最终呈现出来的幅员与向度,应是给人类以温度,给人生以希望,给人们以拥抱生活的勇气。这些不沾金带银,都是精神性的,但却是有用的,哪怕这种有用的量值,是细碎的、微茫的、轻如鸿毛的。而李铣诗集《月亮上有水》的写作本因和写作理想,是跟这一识见完全对应的。

对于自己的写作路线,李铣其实已在自己的诗学主张中给予了宣示:"作为文学创作之产物的作品,应该被视为社会化的产品,一旦'出生',就不完全属于作者本人了,故要求作者在创作过程中,一定不能唯我独尊、随心所欲,须有良心、良知、责任感乃至使命感,这才是一个写作者应有的心态和作为。"

读《月亮上有水》发现,书中几乎所有的诗的站立,都经由了"起""承"的暖场,思想的导引与陡转,都来自形而上和天空的升华与普照。书在开合之间,就让我读到了一场站立的集合,一道站立的风景。"躺下去是石头/

站起来是碑阙"(《夜访汉阙》)。作者在诗集后记中说:"面临写作,我感到激情犹如初秋的阳光,阵阵荡涤在心灵深处。"在这里,可以看到,与他的心灵形成对位的,是由阳光出面代表的形而上和高高的天空。

接下来可以看看,作者的诗歌文本是否对上述论说的成立,给出了自己亲热的应和与严苛的证词。

书名"月亮上有水",让人一目了然。月亮,天上之物,水却不是,但诗人说了,花非花,此水非彼水,月亮上的水,自然住在天上。所有的水都是天上之物,否则,李白也不会说"黄河之水天上来"。

我就从一些诗歌的结尾段随便撷取一些句子放这儿,内中高意,不言自明:"作为遗产/我们只能仰视"(《西湖申遗》);"似在顽固地证实/曾经形而上的恋情"(《夫妻石》);"驶往沱江以远/驶向天河深处"(《仙市的街》);"在这个冷暖交织的世界/物质坚持物质的腐烂/精神坚守精神的光辉"(《致谭千秋》);"诗一般的信袋/未流去的情愫/给予你,借着风水——/权作酒加咖啡"(《小资》);"时光之外,星球之外/我看到,一双双瞩望未来的眼睛"(《我喜欢》);"只有她的目光/扫过云层下的人群"(《端庄女子》);"我想用所有力量抱紧/灿烂的光彼时穿越天际"(《最后的爱人》);"月光在字里行间愉快穿行/我才能无所保留地/给你/从形式到内容/从内容到形式"(《这些诗》);"为了同一个方向——/我们既甘心俯首足下的沃土/又永远朝向辉煌的太阳"(《向日葵》);"心中的旗帜/在雨过天晴的阳光里"(《新年的雨》)……

而《歌声从天而降》，更是快人快语。诗中可以"浇开花朵"的歌声，可以借力打力生发"芬芳的力量"的歌声，飞翔在高处，俨然无处不在而又必须面对的命运。这首诗也可以看作是成都诗人李铣向杜甫成都诗《赠花卿》——"锦城丝管日纷纷，半入江风半入云。此曲只应天上有，人间能得几回闻"——的致敬。在李铣这里，"此曲只应天上有"中的"曲"，正是他自己的灵感、能量、智识、命运，和最美的情、最深的爱。天上才有的情，当然是珍稀、贵重的。怎一个情字了得！在李铣这里，此情是家国情、山河情，以及对生命的崇尚、热爱之情。

叔本华说："我从不承认我是一个悲观论者，我只希望你们读过我的书后，能更勇敢地去热爱生命和你将要面对的一切。"浸濡接承三代家学文脉，又有着很正的中西文化教养的李铣，用清亮、极简、唯美、以小见大、充满哲思、有着独特韵调的诗句，构成了对生命和灵魂的牵引与拔高。置身嘈杂喧闹的诗坛，他只聆听到了来自广大星空的窃窃偈语："有一种神秘你无法驾驭/你只能充当旁观者的角色/听凭那神秘的力量/从遥远的地方发出信号/射出光来，穿透你的心……/我抬起头来眺望星空/这时河汉无声，鸟翼稀薄/青草向群星疯狂地生长"（西川：《在哈尔盖仰望星空》）。

陡转是李铣诗歌创作的一种重要技法。在《登泰》中，先是漫不经心一五一十说高处的事："十八盘天梯/登临何难/抵达未及的是/圣哲的思想/和云海中的奥秘"，而后，一个陡转，尺度大变："一生的高度/或许来自内心"。意思是，所有的高，随便怎么高，都高不过内心，也都出自内心。同理，所有的站立，无不归于内心的把扶。其实，归根结底，这个才是儒雅的李铣的不二底牌。

（原载于《光明日报》，2017年6月19日，有删改）

在人间烟火里寻觅诗意
——读李铣诗集《赴永远的远》

王国平

王国平：诗人、作家。四川江油人，现居四川都江堰。策划发起中国田园诗歌节，参与创办诗刊《芙蓉锦江》。曾获全国"阅读学习成才职工"、四川省"五个一工程"奖、四川文学奖、金芙蓉文学奖等表彰。现系中国作家协会会员、中国诗歌学会理事、四川省作家协会全委会委员、四川省诗歌学会副会长、成都市作家协会副主席。

因为蝴蝶赴了花朵的约，所以才有了绚烂的春天。

因为李白赴了月亮的约，所以才有了明亮的诗篇。

因为张骞赴了梦想的约，所以才有了丝路的蜿蜒。

因为李铣赴了诗歌的约，所以才有了漓江出版社出版的《赴永远的远》，乘着一缕春风，致敬缪斯。

今天，当这本厚达两百余页的诗集呈现在面前时，我们要思考的，不仅是诗歌本身，还有在时代浪潮中，我们该怎样来安放自己的身体与灵魂，来探寻诗和远方。

这部由《忧郁之书》《何处安身》《寻常时光》《风中远行》四

辑近两百首诗歌作品构成的诗集，是李铣对诗歌岁月的一次真诚吟唱和深情回眸。人生就是不断地奔赴一场又一场约会，有的是玫瑰之约，有的是苦难之约，有的是春天之约……而李铣奔赴的是一场关乎灵魂和远方的缪斯之约。

尽管我不知道李铣奔赴的远有多远，但是作为他多年的诗友和读者，我更愿意站远点，再远一点，看他的人和诗，甚至在诗歌之外的某个空间，来观照和审视《赴永远的远》。

李铣的诗歌根基牢、路子正、起点高。其父李绍明先生不仅是享誉中外的人类学家、民族学家和历史学家，同时也是一位饱读诗书的博学之士，于史之外，对文、哲亦有真心之欢喜和独到之见解。其读书方法和治学精神对李铣影响深远，为他的诗歌创作奠定了扎实的基础。后来李铣就读于成都大学，并得到白敦仁、钟树梁、谢宇衡和钟文诸先生之教诲，他们中既有学贯古今的传统文化大家，复有抗战时期的文坛健将，亦有新时期朦胧诗歌评论的探索者，因此，李铣的诗歌训练没有偏食。而且李铣习诗的时代，正是中国现代诗歌风起云涌、波澜壮阔的黄金时代，成都尤甚。他所接触的成都大学校园、红杏诗社、成都市文化宫、《星星》编辑部都是诗歌集聚地。平台既高，起点当不会低，况且所见所闻所识有了新海拔，下笔自是云中漫步、高山流水。只要我们愿意，仅凭他一首早期诗作《栀子花开》便可窥见端倪：

风中，你努力保持闪亮
以一种姿势挺立

任凭未被污染的云
飞过来飞过去
窄轨在你身边
早已不见火车的踪影

人在病中酣睡
不知何故久久不醒
梦里教堂制造的钟声
带着春光徐徐围拢
你始终如一地盯望，最终
让各自年华散尽

几十年来，李铣的创作从未间断，即使在诸事缠身的岁月，他也总能在繁忙而琐碎的生活中捕捉到稍纵即逝的诗意，这份敏感和精准，居然没有随着年龄的增长变得迟钝，反而日渐锋利，堪称当代诗歌创作的一个样本。

我以为，这是源于他长期以来对自己内心与诗歌文本有着足够清醒的认知。作为有着40年诗歌创作史的成熟诗人，他从20世纪80年代初开始诗歌写作时，就坚持作品必须发乎心、情、理，说真话、说人话，坚决摒弃矫揉造作与无病呻吟，始终不渝地在诗歌中不懈地对人间之爱、世间之美、社会之善，以及对人生、人性、生命、价值观等进行思考和探求。

因为他知道，一个从不思考的诗人，很难走远。

打开诗集，徘徊在字里行间，从《白马》《朗读者》《忧郁之书》《归来：先父李绍明先生藏书捐赠后》《最后的时光》《稻田酒店》等诸多诗篇中(特别是许多直面现实、深入生活、关注当下的作品),我们不难发现,李铣的诗歌有着迥异于他人的个性与气质:人间烟火在下,思想光芒向上。

比如《包容》:

从背后抱紧你,是怕
你看到寒夜里我的眼泪
点燃无数排灯

黑旋风疯长并袭来
这一站,血液停止供应

总觉得我,比你对我的爱
要多一点点优势的泪水
安全地升腾

升腾跨越海市蜃楼
你会仰望星空
就如俯视人类,以及包容
每一颗个体的星辰

作者从个体的人出发,用"诗"捕捉与打捞有爱、有泪、有感情的日常生活,然后让自己的"思"沿着升腾的泪水不断飞翔,抵达遥远的天际,继而仰望星空,最终以巨大的包容和悲悯俯视人类,鸟瞰大地、观照内心。

又如《朗读者》：

小阁楼成了朗读的舞台
你轻声的诵读
让诗意的流水
流向细雨绵绵的江南

登楼的吱呀声
是最美的和声
那一杯竹叶青茶
全部站立
毕恭毕敬地倾听
…………

朗读者所朗诵的，既是优美的文字、诗意的流水，也是人类的思考和世间万物的和声，连一杯茶仿佛都有了自己的诗与思。有时候，诗助思；有时候，诗即思。紧贴星空的思想为他的诗歌插上了飞翔的翅膀，而诗意的烟火让他的思考落到了人间，回到了故土，踏上了广袤而坚实的大地。

当今世界正处于百年未有之大变局。从文化进程看，中国处于叠加的"现代性+全球性"的时态，诗歌既是这一现实生活的观照和反映，亦是关乎人类命运的思考。

一直以来，李铣很喜欢赵汀阳先生的一句话"一个意象就是思想的一个中转站"，他也是这样努力的。李铣非常注重在创作文学作品时体现历史哲学中的"渔樵耕读"意象表达。尽管他深受父亲民族学研究的影响，对民族学亦有一定的关注，但他并未囿于某一局部视野，而是将目光投向更加广袤与辽阔的地平线，用全球视野来审视当代诗歌乃至中国文化。他在多次与朋友们的交流中表示，在历史作为"人文时间"的前置条件下，诗歌要具有文化自身的逻辑和符号，即历史的见证者——"山水"、历史的言说者——"渔樵"。他认为这既是传统人文精神的彰显，体现民族性，同时又是历史的方法论，体现世界性。

40年来，李铫一直在践行用自己创作的数百首诗歌探索打通思想与诗意之"任督二脉"的一股气，也在寻找连接民族性与世界性的有效路径。或许这条路很远，那是远方的"远"、遥远的"远"，甚至是永远的"远"。但李铫从未放弃过自己的写作理想与人生追求。他向朋友们反复表达一个愿景：希望通过所有诗人的共同努力，在时代的卷轴上，中国诗歌有机会在世界文学之林"各美其美、美美与共"。

李铫说："这个愿景，于我或许是'永远的远'，但犹如阳光普照下的万物生长，我将竭尽心力，奔赴而趋近……"

这或许是"路漫漫其修远兮，吾将上下而求索"的现代书写。尽管诗歌的路没有尽头，但是只要有思想的引领，有诗意的铺展，相信李铫会在这条路上走得更远！

（原载于《新阅读》，2022年第8期，有删改）

今生今世的光与热

——简论李铣的诗

王学东

王学东：诗人、诗评家。四川乐山人。著有专著《"第三代诗"论稿》《"地下诗歌"研究》《〈星星〉诗刊（1957—1960）研究》《中国诗歌的现代化》《20世纪四川新诗史》、诗集《现代诗歌机器》。现系西华大学文学与新闻传播学院副院长、《蜀学》副主编，四川省作家协会全委会委员、诗歌委员会委员，成都市作家协会副主席。

　　李铣的诗歌，是值得我们注意的。

　　李铣出版有《感动》《歌声从天而降》《月亮上有水》等诗集，推出了一批较为成熟的诗歌作品，可以说在现代诗歌领域已经有了较为丰富的探索与实践。但在风起云涌、山头林立的四川诗坛，李铣却踽踽独行，始终坚守着自己的对这个世界的打量方式，默默地坚持着自己的诗性之思，并逐渐构建出了属于自己的想象空间和诗性世界。

　　最打动我的是，在李铣的诗歌中，这一种有着非常鲜明的现代气质，且直达魂灵并又激荡人心的生存之思，是对我们那种如"在云上盘旋"的"命运和生命"

的洞察和抒写。如《飞机在云上盘旋》，就是这样一首充溢着现代性体验的诗歌。"飞机在云上盘旋/天气不符合降落条件/一圈又一圈，感觉把油料耗干/天气/仍不符合降落条件/怀揣着夏天的价值观/被迫往返/命运和人生大致如此，只是/时光像鼓噪的蝉"。在这首诗歌中，诗人将生命与存在置身于强大的现代性之物"飞机"之下，给我们提供了一种极具现代感的生命体验，也让我们有了一种有别于古人的现代生命之感。"飞机"，它体型庞大、有强大的动力，是集现代科技和智慧于一体的，非常典型的"现代之物"。更为重要的是，普通人与"飞机"相遇或者说融合的过程中，不仅是与静止的"飞机"，或者与技术、智慧的相遇，而且是与"在云上盘旋的飞机"相遇。诗歌中对"在云上盘旋的飞机"的观察，可以说是最为切要地呈现出了我们与"现代之物飞机"相遇的最为重要的一面。"飞机"不是"飞翔的飞机"，而是"盘旋的飞机"。因为"在云上盘旋的飞机"所能带给生命与存在的，已经不再是"飞翔的飞机"所带给的舒适、便捷、强大，除了有着对天空和速度无可比拟的征服感之外，更有着在舒适、便捷、强大、征服的现代性体验之下的无根、无力和恐惧。诗歌中，"盘旋的飞机"，首先强调的是"盘旋"，生命不再是有目标的向前、推进。此时我们看到，虽然处于现代科技之下，我们拥有了有着坚硬外壳、强大动力以及超级速度的"飞机"，我们却只能在"云上盘旋"，依然无法抵达目标，无法完成我们的生命和存在向前和进步的路程。不仅如此，更为悲剧的是，我们不但不能前进，不能进步，甚至还有可能退步，回到原点，乃至于退化、毁灭。因为"在云上盘旋的飞机",此刻正面临着严重的环境危险与技术恐惧所带来的存在困境:"天气不符合降落条件",以至于经过了一圈一圈的盘旋后"天气/仍不符合降落条件"。此时,我们感受到,面临现代世界,面对庞大且强大的现代性之物"飞机",我们仍然无法战胜天空,无法拥有对自然的支配力量,仍然被"自然"制约和掌控着。而最为绝望的是,我们的"飞机",即将面临自身无法解决的"油料耗干"的技术困境。可以说,这首诗歌呈现了现代技术也不能成为我们生命和存在的支撑的悲剧性体验。由此,"在云上盘旋的飞机",是李铣诗歌面对现代生命与存在的一个重要观感,或者说一种非常典型的具有现代性精神的象征。虽然这种探索在他的诗歌中并不多见,但这样为数不多的现代视野,却让他的诗歌实践有了新的境域。

实际上,直击生命和人生的现代困境,呈现个体存在的现代困境,或者说书写生命本身彻头彻尾的悲剧性,成为李铣诗歌的一个重要背景和基本底色。《顶灯,或不仅仅川剧绝技》是在这一方面较为出色的一首诗歌,"大师!给灯的肺叶灌满氧气/苛刻的磨炼,讲究平衡与妥协/风过耳,灯盏不熄/如豆的灯光,照彻橙色穹庐/以及善恶与喜悲/万卷经书,被照彻/抑或遭遇焚毁/天下走遍,赢得满堂彩/一生戏剧的帷幕/终将关闭"。在《飞机在云上盘旋》中,诗人一下笔,便深深地陷入巨大的现代性的悲剧之中,并最终在恐惧与绝望之中无助地徘徊。但在《顶灯,或不仅仅川剧绝技》这一首诗中,诗人显然变换了脚步,变换了一种心态,从另外一个视野进入现代生活。一开始,诗人就建构了一个拥有强大力量的顶灯者,一个现代拯救者,一位现代"大师"：他给灯的肺叶灌满氧气，与"灯"有着天然的和谐性。同时，他还"苛刻的磨炼"，拥有超越普通生命的内在毅力；他"讲究平衡与妥协"，也有着一般人所少有的生活的艺术。这样一位"大师"，就是诗人对"灯"所象征的理性、启蒙、光明的呼喊。接着，诗人还看到了"风过耳，灯盏不熄"的一幕。由此，诗人声如洪钟大吕一样高唱出了"灯"的伟力，"如豆的灯光，照彻橙色穹庐/以及善恶与悲喜"。不过，正如阿多诺的《启蒙的辩证法》所言，启蒙的神话最后变成了神话的启蒙。在这首诗的结尾，完成了对现代生命观照的一个大翻转：因为这种有着照彻诸天和灵魂之伟力的"灯"，既照彻了万卷经书，也将这万卷经书焚毁。同样，这位走遍了天下的大师，照亮了大千世界的善恶与悲喜，其表演也终将悄然闭幕。所以，与《飞机在云上盘旋》彻头彻尾的悲剧性不同的是，《顶灯，或者不仅仅是川剧绝技》中，融入了现代生命的大喜与大悲，而这些诗歌都是从困境或者说悲剧性来透视生命和人生，这使得李铣的这些诗歌有着锋利的诗性质地。

当然，深受传统文化熏染的李铣，其诗歌虽然有着一定的当下性、介入性，但他的写作却并非完全致力于现代性体验的深度挖掘。但是，在所极力渲染的这种无根、无力和恐惧的现代性困境的背景之下，特别是在悲剧性困境之下我们"如何存在"，便成了李铣诗歌着力思考的地方，也构成了他诗歌一个特有的面影。于是，李铣诗歌中的心灵和自然，便不再仅仅只是流俗的抒情，而是悲剧性困境之下生命的存在如何涌现。正如诗歌《扭住的悲伤》所写，"旧历的一页就要翻过去了/那又怎样呢？某些死亡/是春秋大梦的开始/平静对待。比空寂的山林更静/内心深藏一座寺庙/菩萨端坐,香火缭绕/飞鸟没有飞绝,唯我自知//玄虚漫漫,喜怒哀乐衰减/爱恋,却永恒不变/先贤们像悬浮的排灯/探照无边的黑暗和潜伏的环线/矢车菊在麦地里乱开/火锅也摆在麦地里/沸腾……让歌声再次击中/阳光下胜利的后遗症/扭住的悲伤乃我的原罪/哲学的花瓣置放餐具中/任人分享,也任人批判/星辉照着我,迎接并致敬/无数张温暖而尊卑的脸"。此时,面对时光的流逝,面对死亡,诗人在个人的"内心"中寻找到了生命新的可能。而诗歌中这种生命的可能,也就有了别样的面目。这种生命的可能,并非仅有空寂和玄虚,而且有着"火锅也摆在麦地里/沸腾"的热血;也并非仅有爱恋、温暖,还有对生命的尊重和致敬。如果说《扭住的悲伤》中诗人在"内心"重新铸造了自己的现代生命,那么《油菜花》中,诗人则是在自然中释放了自己开阔的生命之境。《油菜花》写道:"油菜花裹挟着你飞奔/这大地的盆景,因有了你/而霞光万丈/直刺行吟者的眼睛//如果要一千次接纳和释放/我愿意:赴一千次初春的盛会/你的腰肢也扭动风/带上突如其来的芳菲//闻香,可识一切/天真烂漫或浪漫主义/找到了久违的土壤和根基//摘一朵戴在头上/你就会把病疫驱离/山岳青青,河水汤汤/倒映今生今世的光与热/飘逸的长发,是未嫁的余生"。当诗人从现代性的"座驾"——飞机中抽身而去的时候,他便进入了更为宏大而无垠的"油菜花世界"。大地、山岳、河水,完全敞开了自己的胸怀,接纳了这个无助而绝望的生命,让生命和存在有了肥厚的土壤和粗壮的根基。在李铣的其他很多的诗歌中,也有着相似的从悲剧到拯救的主题。由此可以看出，直视"今生今世"的悲剧性和当下性，寻找个体生命存在之土壤与根基，并尽情释放生命强烈的"光和热"，成了李铣诗歌"如何存在"的重要诗性表达。

在李铣的诗歌中，不仅有着令人惊异的现代性体验，而且这种现代性体验更成为他探寻"如何存在"的重要背景。在这种彻头彻尾的悲剧性困境之下，他的诗歌呈现出了对"今生今世的光和热"的诗性书写，这一点也最终成为他个人诗学探索和实践的重要组成部分。也正是由于李铣的现代视野，使得他的诗歌对"今生今世的光和热"这一主题的思索更为深刻，其表达也更为有力。

（原载于《四川诗歌》，2020年夏季刊，有删改）

感在心者物已微

——李铣诗歌意境简论

肖云

> 荣启期一弹,而孔子三日乐;邹忌子一徽,而威王终日悲。进乎道者技已末,感在心者物已微。
> ——〔明〕杨慎《琐语》

肖云:学者、工学博士。主持国家课题1项、省部级课题2项,参与国家课题和省部级课题8项,出版专著有《文化创意产业系统研究——基于CAS的理论与方法》《报纸质量评价体系研究》《嘉陵江流域史前文化研究》。曾任四川省社会科学院哲学研究所研究员、硕士生导师。

什么是诗歌的意境?自唐王昌龄开始,很多文人大家都对此进行过讨论,但终归是众声喧哗、莫衷一是。

研究这个问题不是本文的任务,本文只以现代思想为参照,简略地说明我对意境的体认,以便为讨论李铣诗歌的意境提供一个理论框架。

20世纪30年代末,西方科学家发现了一个具有普遍意义的现象:系统涌现性。意谓任何一个系统都具有系统元素及其总和所不具有的新质,这种新质不属于任何一个元素,却可以统领涵盖各个元素和各个部分;各个元素和各个部分也因此被赋予了新的特征。简单地说,就是整体大于部分之和。

系统涌现性的诞生破除了西方形而上学的迷思,这个时候,人们才猛然领悟到中华民族几千年来所采取的整体思维方式的优美之处。正是这种思维方式使中国古人早就从艺术领域包括诗歌里发现了"象外之象"。什么是"象外之象"呢?就是各种象组成的有机整体之外还会生成一个新的象,这显然就是系统涌现性。此外,中国古代艺术理论不仅提出了"象外之象",还提出了"景外之景""韵外之致"(司空图),或者"言有尽而意无穷"(梅圣俞)、"境生于象外"(刘禹锡)等类似的概念,但所有这些概念都毫无例外地指向一个共同的概念:意境。

诗歌也是一个系统,一个由意象和意象组成的系统。简单地说,意象就是心中之意与客观之象相契合的产物。如果用系统涌现性的思想来表述,诗歌的一系列意象所组成的意象系统会生成一种单个意象没有而整体却有的新质,这个新质就是诗歌的"韵外之致",就是所谓的意境。或者说,诗歌的意境就是诗歌意象系统整体所涌现出来的一种新质。

应该说,意境理论是中国传统思维方式的必然产物。尽管目前还没有人从系统涌现性的角度来体认过意境这个概念,但这种建构在逻辑上应该是不成问题的。

这是我们在讨论李铣诗歌的意境之前需要明确的前提。

一

《月亮上有水》这部诗集共分为六辑。以"水"作为贯穿各辑命名的核心意象,六辑就分为"六掬水"。而整部诗集则以集中一首诗的诗题来作为集名。我们先来讨论《月亮上有水》这首诗的意境,以探诗人以其诗题作为诗集名的用意:

一则新闻说
月亮上有水
那么广寒宫里
一对孤男寡女
是否还在沉醉?
我不知晓
科学仍在坚持探寻

有水就有希望
乃至动物、植物及其他
月亮也许比人间更美
但最好别有高级动物
(这些自称创造和智慧的生命)
绝不能再次演出
地球上永无谢幕的悲剧

有一天,诗人读到一条新闻,说月亮上有水,诗人马上想到广寒宫里面的嫦娥和吴刚："一对孤男寡女/是否还在沉醉？""一对孤男寡女""还在沉醉"，这组意象怎么理解呢？如果把它们抽离诗歌本身的意象系统，只就语言表面所传达的信息看，日常语言中的"孤男寡女"往往有"暧昧"或者"戏谑"的含义；而用"一对"的量词来修饰，"配对"的意图就更加明显。如是，我们就可能把诗人之意理解为是将嫦娥、吴刚作为有暧昧关系的男女来叙述的；而月宫中的"广寒宫"和桂花酒，则是他们嬉戏的场所和辅助工具，所以他们"还在沉醉"。

　　如果这样解读，无疑是望文生义，以辞害意。从诗的后半部分来看，诗人听闻这条消息以后，首先是很欣喜的。因为"有水就有希望/乃至动物、植物及其他"，动物、植物都是生命体，有水就有希望，在这里显然含有"有水就有生命"的意思；"及其他"是什么呢？可能是其他生命，可能是其他没有生命的东西，也可能是一切美好的东西……反正读者可以从自身的经验出发去进行填充。但是，从后面的诗句看，也许月球上什么都可以有，但人类却不能在月球上存在，因为地球上的事实证明，这种所谓的"高级动物"，往往会上演"永无谢幕的悲剧"。

　　回头再来看"一对孤男寡女""还在沉醉"，甚至包括"广寒宫"，这一组意象就比较容易理解了。因为无论是嫦娥，还是吴刚，他们事实上都是人间悲剧的产物。没有地球上的悲剧，就没有月宫中"吴刚"这个孤男和"嫦娥"这个寡女。至于"一对"就成了一个纯粹的量词，消解了"成双成对"的含义。因为不用"一对"用什么呢？用"两个"？而"两个孤男寡女"显然会产生歧义，所以用

"一对"来修饰是较为妥帖的。"还在""广寒宫""沉醉",悲剧的两个主角,不喝酒买醉,又能干什么呢?何况虽然有"宫"可居,毕竟乃"广寒"之所,这就更加重了悲剧的意味。

而当诗人获知月亮上有水以后,发出了"是否还在沉醉?"的疑问,也许诗人觉得,既然月亮上有水,有水就会有生命,那么,他们就不应该再寂寞了——这应该是诗人的一种美好的愿望;至于到底是怎样的状况,诗人说"科学仍在坚持探寻"。

嫦娥、吴刚都是人类,理应由人类来陪伴。但诗人却不希望这生命的乐园里有人类的位置,因为人类只会上演悲剧,这就是诗人情感世界的"二律背反"。正是在这种背反的张力之中,我们寻绎到了作品意象系统所"涌现"出来的新质,那就是诗人想通过这首诗来祈祷构建一个自然与人类和谐相处的宇宙,祈祷构建一个没有悲剧的人类社会,表达诗人对美好事物、美好社会的追求和向往。这,正是这首诗单个意象不具有,而整体具有的隽永悠远的意境。反过来,正因为有了这样的意境,所以诗歌中的单个意象也被赋予了完全超越其日常语义的新质。

事实上,不只是《月亮上有水》这首诗,这部诗集整体上反复呈现的主题都是诗人对美好事物的追求、对美好社会的向往。如《逝者对生者说》:

我要独自离去
去到一个地方
那里并不孤单

人们更为善良
那个地方很远很远
没有冷雨凄风中的泪光
也看不到颤抖和倒塌的墙

  这与《月亮上有水》表达了相似的意境，都是祈祷人间的美好。其他如《歌声从天而降》《仙市的街》《河内的春天》《没有围墙的大学》《像正在进行的一场夜宴》《生日》《新年祝愿》《清明》《新年的雨》《三十年》《喜欢你》《一支烟的工夫》《泸沽湖》等诗歌都强烈地展现了诗人对美好事物和美好社会的追求。而《城市歌者》则呈现了诗人为了自己的追求，"不能终止歌唱/直到生命的尽头/还将不断从歌中/获得真实的力量与信心"。

  有对美好事物的向往，当然就有对丑恶事物的鞭挞。《所谓古镇》就表达了诗人对毁灭美好事物行为的一种愤懑；而《西湖申遗》，"但是作为遗产/我们只能仰视"，则从正面警告人们不要亵渎美好的事物、玷污美丽的文化。《致谭千秋》既赞美了英雄的伟大，也批判了"逃跑者"的渺小。《情人节》对如今言不由衷的爱情发出了疑问，《爆竹》则表明自己对魔鬼不屑的态度。

  再来看这首诗的核心意象"水"。"水"在中国传统文化中被赋予了丰富的内涵。老子说："上善若水。水善利万物而不争，处众人之所恶，故几于道……夫唯不争，故无尤。"滋养众生、夭矫万物，却甘处"人之所恶"，水的这种行为，实在是对人间万物一种无私、伟大的爱，是以老子誉之为"上善"。如果我们人人都具有水的精神，善利万物而不争，爱人如己，或如孔子所言"仁者爱人"，那么，许多人间的悲剧就可能会避免。所以，诗人说有"水"就有希望，在这里可以解读成"有爱就有希望"，水就是爱，爱就是水。

如果仅仅从《月亮上有水》来阐释诗人"爱"的主题还稍显牵强的话，那么从整部诗集来看，这个主题就非常明显。诗集的每一辑都以"水"作为命意的中心，就是要将"爱"作为每一辑所要表达的核心，作为整部诗集的一根红线。

诗人不仅希望人与人之间要充满爱，人与动物之间亦复如是。

有一首《女人与狗》："这不是一只狗／分明是上帝赐予的高贵的精灵／在我们眼里／爱——／叫这只狗的名字"，"爱——／叫这只狗的名字"，与《孤独的天天》中的"用爱去拥抱／他就了无泪痕"一样，都是对爱的咏叹，可见诗人把"爱"的力量看得是多么强大。有了爱，就有了阳光、有了春雨；有了爱，就让人有了活下去的快乐，有了让世界延续的力量。

事实上，诗集中无论写亲情、友情、爱情，都歌唱爱；无论写动物植物、山川河流、沙漠湖泊，都充满爱。诗人不仅爱自己的国家和民族，也爱异国的土地和人民。只要是美的，诗人都爱护备至。没有成见和偏见，没有分别和对立。《新年祝愿》袒露了诗人对人间美好事物的祝愿和爱。"好好活着的人／才是节日的主语"（《端午节》），"无论万载千年／——人比月光更漂亮"（《中秋之夜》），"每一朵花、雨露和阳光／都该尽量享用／也加倍珍惜"（《清明》),"花期苦短,秉烛而观/人生苦短,何必伤感"(《海棠》),"失去性别的人/能否同时失去/爱情的痛痒?"(《帕塔亚的人妖》),表达了诗人对生命的爱。"一支烟的工夫……地铁上打一个盹/或听一曲曼妙的歌/走进花店,把刚上市的玫瑰/送到爱情面前/沿着堤岸漫步/轻轻吟诵大师的诗篇"(《一支烟的工夫》),"应该献身这座城市/同它的脉络一起跳动和舒展/就我来说/除此之外/还不能终止歌唱/直到生命的尽头/还将不断从歌中/获得真实的力量与信心"(《城市歌者》),展现了诗人对生活的热爱。还有,《华山》《青海湖之恋》《仙市的街》《芝加哥》是对人文之美的爱,《老母亲》《母亲老了》《答人》)《女儿》是对家人的爱,《喜欢你》《像正在进行的一场盛宴》)《三十年……》是对朋友的爱。很多情诗则是诗人对美好爱情的歌咏,这同样是一种爱。总之,整部诗集处处充满了爱。

显然,"水"就是爱的象征,水的意象就是爱的符号。诗人想通过水、通过爱来减少这个世界的悲剧,让这个世界更加美好、人们更加幸福。这就是诗人在这部诗集中所要表达的人生理想和社会理想,就是要构建一个充满了爱与美的"理想国"。这样,我们就看清了诗人以"月亮上有水"作为诗集名称的良苦用心,领略到了这部诗集的整体意境。

从诗人的这种人生理想和社会理想,我们很容易想到基督耶稣爱人如己、身体力行、献出自己生命的故事,也很容易想到费尔巴哈把爱当作人存在的标志、当作人的本质的"宏大叙事"。费尔巴哈要求人们以爱心来相互理解、相互信任,在他看来,人之所以生存,就是为了认识,为了欲望，为了爱。真正的存在者，必定是思维着的、爱着的、欲望着的存在者。费尔巴哈确信，理性、意志、爱是人本身所固有的东西，正因为如此，人才能成为完善的、真正的人。他认为，只有爱才能实现个人和人类的幸福。面对当今市场经济的激烈竞争，面对越来越严重的全球性问题和不断堆积的社会问题，这个世界多么需要爱，多么需要人人都献出一份爱，多么需要充满爱啊！这应该正是李铣诗歌的时代价值和现实意义。

二

　　诗歌的意境是诗歌的感发力量存在的奥秘，如果一首诗的意境难以感动人心，就无法起到陶冶人、浸染人、净化人的作用。而诗歌意境的诞生，则源于诗人对意象的选择、创造，以及对意象的组合、表达；同时，这种意象的选择、创造与组合、表达，也始终是围绕诗人的人生理想和社会理想在进行的。李铣诗歌的意境营造在这一点上表现得十分突出和鲜明。

　　先说李铣诗歌中的意象选择和创造。

　　诗歌意象的选择不同，则诗歌的整体面貌就不同。如李白、杜甫、韩愈、秦观，他们诗歌选择的意象迥异，结果就形成了不同风格的个性化作品。即使同样属于浪漫主义诗人的李白和李贺，由于其诗歌意象的选择有差异，也就形成了不同趣味的作品。

　　泰山，很多人都登临过，或述其美景，或状其气势，或咏其历史等等。后人要超越前人而免步其后尘，就必须从自己的真实感受出发，因为感受是很个人化的东西。李铣的《登泰》就表达了自己的独特感受。在意象的选择方面，主要叙写自己对泰山内涵的体认，其核心意象是"抵达未及的是/圣哲的思想/和云海中的奥秘"，亦即轻易登上了泰山之巅（"十八盘天梯/登临何难"），却难以轻易抵达圣哲前贤的思想顶峰，难以轻易获知山顶之上云海的奥秘。诗句饱含诗人对圣哲的仰慕、对圣哲思想和智慧的尊崇，间接表达了诗人"追贤思齐"的人生追求，以至结尾发出了"一生的高度/或许来自内心"的喟叹。"来自内心"包含了很多的意义，可以是来自内心的修炼，来自内心的创造，也可以是来自心灵的自我净化和完善，来自自我智慧对人类的贡献等，具体是什么呢？诗人在《一支烟的工夫》中回答了部分："一支烟的工夫/让我们怀想/那些远逝的先哲/并且沉思：人类啊！该如何/弃恶扬善"。弃恶扬善自然需要一种来自内心的力量。而"云中的奥秘"则表达了诗人对于神奇大自然的好奇心，对神秘大自然探究的渴望。这些意象被选择、组合在一起，就构成了自然、历史和诗人自我交织的意境，让人反复回味和思考。

　　为什么诗人要选择这些意象呢？因为诗人追求的是充满了爱与美的"理想国"，因此，进行自我净化、提升自己的人生境界，就成为必然选择。为什么诗人要以《登泰》作为诗集的开篇之作呢？从诗人的社会理想来说，它象征着社会的发展和进步是一个不断向上攀登的历程，是一个没有止境、没有终极的过程；从诗人的自我净化来说，它意味着这部诗集就是诗人在向充满了爱与美的"理想国"跋涉的征途上，灵魂在炼狱中升华的记录。

再看意象的创造。意象的创造过程其实就是一个选择过程，不过选择往往只涉及客观的物象，只是在浪漫主义文学作品中，很多超现实的意象不是通过选择来形成的，而是通过纯粹的创造产生的。而创造则不仅要选择客观的物象，而且要凝注诗人的感情，让物象成为一个个性化的意象。李铣诗歌中，这两类意象都存在，比如《杭白菊》，是最能表现诗人意象选择和创造的代表作之一。

再说意象的组合与表达。

诗歌意象的不同组合可以表达完全不同的情感，我们来看看李铣的《歌声从天而降》是怎样通过组合意象，来表达自己人生理想的。

"歌声从天而降"，有"此曲只应天上有"的意味，说明歌声之美，这样美的歌声自然会"直击路上的行者"，"直击"很富有表现力，说明歌声的力量强大如"击"，像子弹，像飞箭。歌声不仅有"击"的力量，而且能"浇开花朵"，像春雨，像甘露；不仅能"浇开花朵"，而且"任芬芳的力量飞扬"，像礼花，像惠风。也就是说，从一开始，诗人就采用了绵密的意象组合，为这"从天而降"的歌声赋予了多种禀赋、多种性格、多种色彩、多种美感，从而很成功地把歌声的意象推向了空灵、推向了圆融。

"我是行者中的一员"，这芬芳的歌声自然也会包围"我"。它犹如一剂清凉剂、一副镇静药，"减慢血的流速／于不经意间，软化骨头"，亦即能够使沸腾的热血、盲目的冲动都复归于理性，让人宁静和舒坦。为什么"我"此前血脉偾张、骨力欲展，而今才走向规矩，这是需要读者依据自身的体验去想象的"未定点"或者"空白"。

这样美好的歌声，诗人当然要去追求、去聆听，于是自然地想要拥有歌声，想要一睹其歌者。"醒来，这些时日"，诗人突然由歌声的一系列意象跳转到了"醒来"这组意象上。这是中国诗歌意象组合的典型手法——直接拼合，就是意象与意象之间不使用虚词，直接从一个意象跳到另一个意象，造成诗歌意象之间的巨大空白，给读者留下想象空间。"醒来"，是在怎样的状态下醒来？当然可以是睡觉醒来，做梦醒来，也可以是从浑浑噩噩的做人状态中醒来，从糊里糊涂、误入歧途的人生过程中醒来，从不谙世故、懵懂无知向成熟的转化过程中醒来……结合诗人是因为听了美好的歌声而醒来，我们可以推断诗人是在美的事物感召之下，忽然醍醐灌顶，如梦初醒，发现了过去行为的不当，于是幡然醒来。然而，当诗人醒来以后，看到的却是一幅怪异的景象——"一扇扇门紧闭着/意在关住歌声"，并且门后有一双双眼睛对我痴迷这种歌声和其歌者而不可得，发出了"自作自受"的得意注视。"关住歌声"，同样属于直接拼合的意象组合，可以理解为把歌声关在门外，以免让室内的人听见；也可以理解为把歌声关在室内，以免歌声逸出室外，让外面的人听见。显然，理解为前者更为恰当，因为从后文看，这歌声来自另一个星球。这让我们想起海涅的《罗蕾莱》，她"唱着一首歌曲；这歌曲的声调，有迷人的魔力。小船上的船夫，感到狂想的痛苦；他不看水里的暗礁，却只是仰望高处。我知道，最后波浪，吞没了船夫和小船"，如果经过这里却想免于葬身鱼腹，只有把两只耳朵塞住，不听罗蕾莱的歌声。这很像《歌声从天而降》里的"关住歌声"，即拒绝美的诱惑。

但是"唱歌的人/仍从容而不迫地歌唱",也就是说,歌者并不因为有人由于她的歌声而受到嘲弄就停止歌唱,也不因为有人要关住歌声而露怯或惊慌,她根本就不去理会人世的纷扰,她是美的使者,她的使命是传达美、流布美,任何干扰都无法改变她的意志,这自然进一步增加了"我"走近歌者的热望。然而"空旷的城市/我找不到/通往另一个星球的街道",要走近歌者,"我"却不得其门而入。为什么诗人突然从歌者跳到"空旷的城市"这个意象上来了呢?城市为什么空旷呢?不是说他仅仅只是行者中的一员吗?难道其他行者没有被歌声所感动,没有产生循声而觅的冲动?想起王安石,"世之奇伟、瑰怪,非常之观,常在于险远,而人之所罕至焉,故非有志者不能至也"。我们可以猜想,很多行者也很可能会产生感动和冲动,但却不会产生行动,甚至会将门紧闭,试图抵挡诱惑,像《罗蕾莱》中的船夫塞住自己的耳朵一样。于是,在这条追求美好事物的征途上,就只剩下很少的人在执着地求索,在空旷的城市里孤独地前行。

与"空旷的城市"这个意象一样,"星球"同样是直接拼合的意象组合方式,诗人并不说为什么歌声是"从天而降"的,也不说歌声具有"此曲只应天上有"的美妙,而是通过"另一个星球"的意象来间接地表达这层含义。

这首诗可以说是"骨气奇高,辞彩华茂,情兼雅怨,体被文质",所有的意象都具有丰富的含义。比如这歌声或者歌者,可以是一个恋人或者一个德高望重的伟人,也可以是某种企盼、某种诱惑,或者是某种理想,总之,可以是任何值得追求的且难得的美好事物,这就与诗人的人生理想统一起来了。而"紧闭的门"则是严酷的现实,或某种阻隔、某种困难……而"芬芳的花朵"则可能是某种激励、某种顿悟、某种媒介等等。正是这些多义性、模糊性使诗歌形成了"象外之象""韵外之致",产生了"含不尽之意见于言外"(梅圣俞)的效果。欣赏这首诗,很容易使人想到《古诗十九首·西北有高楼》、雪莱的《致云雀》,以及济慈的《夜莺颂》等作品,它们都可以说是托音喻志的佳作,有兴趣的读者如果把这些作品找来对读,当有许多收获。

诗歌意象的表达与诗人的理想也应该是一致的,从我们分析《歌声从天而降》的过程中就可以看出这一点。因为"直击",所以"飞扬";因为"从天而降",所以我找不到"通往另一个星球的街道"。这些意象的表达都是相互称副的,完美凸显了诗人对美的信念的坚定性。

以《端庄女子》为例,来领略诗人意象表达的特点:

落日执意抒情
树影婆娑的河边
岸上一条小路
指向端庄女子的高楼
高楼无酒
高楼不胜寒

只有她的目光
扫过云层下的人群
如芳菲的花影

沉默地坠落
最终停留在
我的下午，我的心间

第一段通过落日、树影婆娑、河边、小路、高楼等点出端庄女子生活环境之美，这是以美景衬美人。就像贺铸《青玉案》里"月桥花院，琐窗朱户，只有春知处"，或如《古诗十九首·西北有高楼》的"交疏结绮窗，阿阁三重阶"，都是通过对美女居住环境的描写，来侧面衬托美女之美。但第一段除了写美景以外，还有"高楼无酒/高楼不胜寒"，这组意象表达了什么呢？可以理解为因为女子端庄，所以不喝酒，也没有备酒，或者是女子家里的人都不喝酒，所以没有酒，还可以把酒作为某种喻体来看待，比如酒是激情的象征、交流的媒介，没有酒就缺少激情的展示，就存在沟通的障碍，总之，读者可以从自己的角度出发去理解。而"高楼不胜寒"呢？则可理解为因为女子端庄，缺少外在的情绪表现，所以与之相处让人觉得寒意逼人。无酒且寒，表达了诗人对端庄女子敬而远之的无奈感受。

比喻、通感、象征、比拟、对偶、衬托、粘连、烘染、移就、超现实想象、铺陈等等都是中国古代诗歌表达意境的重要手段。第一段写了美女的居住环境和端庄的性格，这是静态的，是为第二段做铺垫，其意象组合方式已如前所述。第二段则从动态来写端庄女子之美。写人之美，古今中外的通则就是写其目，但李铣没有直接写美女的眼睛，而是写其"目光"："只有她的目光/扫过云层下的人群/如芳菲的花影/沉默地坠落/最终停留在/我的下午，我的心间"，诗人对端庄女子目光的意象表达十分独特。首先是目光如花影，目光怎么可能像花影呢？可能是端庄女子有一双美目或其貌美如花，其投过来的目光自然就可以说"像花影"了，这是转喻，可见美女眼睛之漂亮动人；还有，花影不是静止的，会随着光线的变化而变化，女子目光如花影，自然也应该随着"目眶冉冉动"，而产生丰富的变化，这是隐喻，可见美女眼神之灵动。诗人不直接写眼睛的美，而是通过这个比喻，让人对这双眼睛的美想象于无穷。"花影"不是花，应该没有香味呀，怎么是"芳菲的花影"呢？这是通过相似联想，把视觉形象转化为了嗅觉感知，采用了通感的修辞。不但像花影，而且这花影居然还有重量，"沉默地坠落"。光不是以"光速"前进的吗？这里不是，而是像花瓣一样"坠落"，而且因其端庄，这种坠落也是"沉默"的。这有重量的花影的坠落，综合采用了通感、移就、比喻等表达方式。而"最终停留在/我的下午，我的心间"，则是采用了移就和粘连的手法。

  诗歌的这种意象表达产生了丰富的内涵，"我"只能坐在河边，"我"不能上楼去看端庄女子，因为无酒，因为不胜寒，因为"我"不想去影响这端庄之美，而女子也因为端庄，不会下楼相见。可女子是住在高楼上的呀，"我"怎么可以看到她的目光呢？这当然仅仅是一种想象。整首诗通过丰富的表达手段，把端庄女子的美表达得沁人心脾，让人感觉到美不胜收。倘若诗人是一个对美的事物无动于衷的人，是无法把美表达得这样淋漓尽致的；而诗人在美的事物面前则完全是"非礼勿视，非礼勿听，非礼勿言，非礼勿动"，爱美而不亵渎美。可见，诗歌意境的表达同样映射出了诗人的人生境界和对"爱与美"的追求。

也就是说，如果我们深入诗歌内部意象的选择、创造、组合与表达，我们同样可以看到一个追求美好人性、追求美好事物、追求美好理想的诗人形象。

三

苏联文论家、作家什克洛夫斯基认为，诗歌的文学性就在于其"陌生化"。他说：

> 艺术之所以存在，就是为使人恢复对生活的感觉，就是为使人感受事物，使石头显出石头的质感。艺术的目的是要人感觉到事物，而不是仅仅知道事物。艺术的技巧就是使对象陌生，使形式变得困难，增加感觉的难度和时间长度，因为感觉过程本身就是审美目的，必须设法延长。艺术是体验对象的艺术构成的一种方式，而对象本身并不重要。

现实世界中，人们对形形色色的事物司空见惯，熟视无睹，这叫"自动化"（或"机械化"），文学则使人具备另一种眼光，具有另一种感受。其技巧即在于用新奇的语言描述习以为常的事物，使原本熟悉的事物与人拉开距离，显得新奇，于是"自动化"的感知就变成了"陌生化"的感知。从审美的角度说，人们在日常生活中，囿于生存的需要和实用的目的，往往忽视事物的形式，而专注于事物的用途。事物本来是多面的，但人从自身的需要出发，往往只看到一个面，其他面则被实用理性遮蔽了。看见落日穿透云层，我们就自然想到黄昏到了，一天又要结束，或者思考是什么云，会不会下雨，而诗人则想到"落日熔金，暮云合璧"（李清照），彩云成了金，太阳成了璧，这就切断了我们和日常事物之间无所用心的下意识的联系，切断（也可以叫"间离"）了我们和日常事物之间的实用关系，本来见惯不惊的事物忽然变得很陌生，让人惊奇，我们必须重新调整自己的态度，才能适应这种陌生。于是，曾被我们扁平化的世界由此又重新回到鸢飞鱼跃、千姿百态的立体状态，这就是诗歌的文学性所在。

其实，诗歌的这种文学性如果移用于诗歌的意境创造，就可以说，陌生化正是诗歌意境创造的基本途径，意象的选择、意象的组合、意象的表达都需要陌生化。李铣诗歌就采用了大量的陌生化手段，来"间离"读者和日常生活，创造诗歌的艺术意境，兹举六种。

（一）将缥缈难表的情感对象化

一个人的情感是难以被另一个人真正领会的，但是当我们把情感物化（对象化）以后，这种情感就变成了一种形象，这时我们就能够直观地去寻绎、去解读了。"白发三千丈，缘愁似个长""问君能有几多愁，恰似一江春水向东流"，都是感情的对象化。看看这首《夫妻石》：

心——绝非石头
变成石头的是
咫尺相隔的距离
千年相拥的愁绪

咫尺天涯的感觉、千年相拥的愁绪变成了"石头",可见感觉的苦况之深、愁绪的缠绕之重。距离的感受、愁绪的郁积变成了"石头",就将我们日常的感受陌生化,这样一来,曾经缥缈、难以言传的感受就转化成了很有质感的对象;日常生活中的类似经历哪怕曾经百转千回、难以排遣,如今都有了一个对象化的存在,让我们回味、沉思、想象,从而获得了不同寻常的感受。

还有《栀子花》《向日葵》《花雕酒》《思念》《海棠》等等,都属于将缥缈难表的情感对象化的作品。它们都是通过形象的感发,来调动读者的想象力,共同参与和最终完成诗歌意境的创造。

(二) 将日常的感觉反常化

泰山,我们通常是感觉它的高,"泰山一何高,迢迢造天庭"(晋·陆机《泰山吟》),"峨峨东岳高,秀极冲青天"(晋·谢道韫《泰山吟》》","泰宗秀维岳,崔崒刺云天"(南朝·谢灵运《泰山吟》),"会当凌绝顶,一览众山小"(唐·杜甫《望岳》),"长松入云汉,远望不盈尺"(唐·李白《游泰山六首·其五》),"手摩红日登三观,袖拂黄埃看九州"(元·王奕《和元遗山呈泰山天倪布山张真人》),"岱宗何崔嵬,群山无与比"(元·贾鲁《登泰山》),"三峰突兀与天齐,天门未到劳攀跻"(元·李简《登岳》)……这些诗均言泰山之高,而《登泰》则说"泰山之重",偏不言其高,这就把日常感觉"陌生化"了。有没有人说过泰山之重呢?司马迁说过,人死的意义或重于泰山,或轻于鸿毛,但他不是说泰山本身之重,而是借泰山而喻人死亡的意义和价值。《登泰》的"泰山之重"

是什么呢？当然，同样不是重量，而是"名重天下"之重、"德高望重"之重。《登泰》不仅言泰山之重，也言泰山之高，诗的后半部分就是通过前半部分对泰山之重的领悟，来沉思人生之"高"。从修辞来看，实际上采用了"互文"的辞格，即既言泰山之重，又通过互文而言泰山之高；于人而言，既言人生之高，亦呼应前文言泰山之重而言人生之重。这就是该首诗的艺术特色。

除了这首诗以外，《帕塔亚的人妖》《逝者对生者说》《所谓古镇》《蚊子灭绝》《情人节》等许多首诗都采用了这种陌生化手法，从而创造出一种别致的意境。

（三）将反常的感觉正常化

生活中我们经常会有一些与日常经验不一致的反常的经历，诗人与常人的区别就在于，他们处理这类反常经历时的思维方式与常人可能恰恰相反。《土豆丝》就是这样的一首诗。诗人有一天与朋友去餐馆吃饭，结果土豆丝忘了放盐，"仔细品尝/才吃出些/泥土的味儿/大山的味儿/生命本身的味儿"，照理说，土豆丝忘了放盐，日常的做法是请店家把土豆丝回锅放盐或者干脆退掉。但诗人却不以为意，而是把它吃掉了，还吃出了一番诗意：

也许
这就足够
我们有时需要
突破习惯
回到最初的状态

人受世俗的沾染，不知不觉就可能忘记了来路，再也回不去了；可能会失去童真，而变得老于世故；也可能丢掉本真，而以"假我"为"真我"；甚至会泯灭人性，变成嗜血成性的野兽。诗人通过吃无盐的土豆丝，领悟到了这一点，但我们没有诗人对世间事物时时反躬自省的习惯，也没有诗人随时可以切断日常思维而对事物进行审美静观的能力，所以我们的人生往往会在不知不觉中失去很多趣味。而借助诗人的陌生化处理，我们仿佛醍醐灌顶，猛然惊觉：我是否还是我？于是，诗歌引发我们不断地追问，而恰恰就是在这种很可能没有答案的折磨中，我们收获了无限的美感。

其他如《另一类玫瑰》《老人》《死亡》等作品都具有将反常的感觉正常化的力量。这类诗歌形成一种情感张力和空间张力，营造了一种吸引读者反复涵泳的意境。

（四）将多样的意象结构化

有些场景本来就存在多种多样的物象，这些物象在与诗人的情感结合时就会产生多种多样的意象，如果不把这些意象组织起来，它们就会像散沙一样，没有结构，也没有意义。因此，把多样的意象结构化，使之形成某种意境，表达某种诗意、某种主题，也是一种陌生化的手段。如《仙市的街》：

仙市的街口
布满张灯结彩的门楼
表达欢迎或欢送

仙市的街道
从高处细看
像仙女窈窕身影的
筋络和脊骨

仙市的街巷尽头
那一汪清纯泉水
浸淫着下凡的仙女
更是仙女深情的流露

  诗人分别选择仙市的街口、街道和街尾这些具有代表性的景物来描写仙市，最后结穴到仙市的"儿女"这个核心意象上，以浪漫主义手法歌咏了仙市儿女勇闯天下的大无畏精神，"仙市的儿女挂帆出发/驶往沱江以远/驶向天河深处"，从而构成了一种赞颂仙市之美、赞颂仙市儿女之美的深远意境。就一个古镇来说，其物象是多种多样的，但诗人通过选择，只留下了最能体现仙市特色和美景的意象。遍地花朵，我们不一定能够真正领略其美，但当摄影师从中选择最富生机的花朵或花簇拍摄下来的时候，我们往往会惊叹其美丽而责怪自己没有这样的眼光，错过了许多良辰美景。诗人就是因为具有这种从见惯不惊的、貌似平常的地方发现诗美的"诗心"和"诗眼"，并具有能将这种发现表达出来的"诗笔"，所以才能将本然的现实陌生化，创造别样的意境，给予我们别样的体验和享受。

  这类诗歌，李铣往往采用铺陈的手法来叙述或描写。

如《芝加哥》《新年祝愿》《新年的雨》《没有围墙的大学》《一支烟的工夫》等诗歌，都是采用这种手法，将众多散乱的意象组织在一起，形成一种很有气势和冲击力的意境。

(五) 将自然的体验社会化

体验自然之物原本是人生的一部分，而且由于体验者所在的位置不同、使用的体验工具不同、被体验之物人工与自然的比例不同等等，就会有不同的感受。苏轼所谓"不识庐山真面目，只缘身在此山中"即谓此。直接以自然为审美对象，抒发自己对自然的审美享受，这本身就是诗，曹操的《观沧海》就是代表。然而，有时诗人写自然之境却是醉翁之意不在酒。王维《辋川集》，大多禅意浓郁，这就是将自然体验社会化。笔者所说的"社会化"，就是诗人通过对自然的描写来表达自己对社会生活的看法，或者对自身经历的认识。又如司空曙的《江村即事》、朱熹的《观书有感》（二首），还有很多诗词都是采取"社会化"这种陌生化手段创作出来的。李铖作品中这类诗歌也为数不少，如《向日葵》：

我只是一粒种子
历经雨雪风霜
终于有了饱满的模样
但幸福和欢乐来自于
我的一生始终有力量的牵引
众多的兄弟聚集一堂

> 肩并着肩，心贴紧心
> 为了同一个方向——
> 我们既甘心俯首足下的沃土
> 又永远朝向辉煌的太阳

诗人把对向日葵这种自然事物的感受社会化了，向日葵实质上成了一种团结的象征、追求的象征。其他如《华山》《车过宝鸡》《海棠》等都属于这类陌生化作品。

（六）将普通的事件意义化

日常生活中，普通事件的数量最大，涉及普通的人、普通的物、普通的景、普通的人际关系等等。作为诗人，往往灵心善感，即使这些普通事件，也能通过将其意义化，产生陌生化的效果，从而构成诗歌的意境。比如《老母亲》：

> 患脑萎缩的母亲
> 让疲惫的我
> 更加疲惫
>
> 春天，她要犯病
> 一句话反复地说
> 一个事反复地问
> 有时莫名发气
> 喜怒随意而起

她是我母亲
尽管独木难支
只有笑脸相迎，认真面对

一个人的一生仿佛也将萎缩
陪着她，才是我的意义

老母亲得了脑萎缩，无法像正常人一样生活和行事，这本来是病人的普遍状态，属于普通事件的范畴。但这种病却让家人疲惫不堪，诗人并不忌讳把自己的真实感觉说出来，同时又以极大的孝心去接受老母亲这种病况给自己带来的困扰，并从情感的角度把这种孝上升到"我的意义"这样一种本体的高度。这里，母亲的病情是一个普通事件，疲惫和孝是因为这个事件而产生的情感，在这种事与情的冲突中，诗人选择了"孝"。《论语》记载，子夏问孝，子曰："色难。""色难"何谓？就是尽孝要随时都做到对长辈和颜悦色是难的。诗人毫不讳言自己的疲惫，可见真是"色难"；而诗人随后又把孝升华为人生的意义，于是笑脸相迎，"色"就不再"难"了。诗人艾青说过："健康的灵魂不需遮蔽，它们比肉体的袒露更美。"这种袒露就对这个普通事件赋予了意义，借由情感冲突、情感选择而形成情感张力和诗歌意境，让人感动，让人追仿。

《答人》《生日》《端午节》《中秋之夜》《沉船》等都属于这类将普通事件意义化的诗作，虽然有些作品的意境稍显浅露，但诗的韵味十足。

德国哲学家施韦泽谈到，对于他人灵魂的神秘，我们不能像看一本属于自己的书那样去阅读和认识，而只能给予爱和信任。"关于构成我们内心体验的那些东西，对于我们最信赖的人，我们也只能告知他们一些片断。至于整体，我们没有能力给予，即使他们能够把握。"每个人对于别人来说都是一个秘密，相爱的人们也只是"并肩在黑暗中行走"，所能做到的仅是各自努力追求心中的光明，并互相感受到这种努力，互相鼓励。"只是偶尔地通过我们与同行者的共同经历，或者通过我们之间的交谈，在一瞬间，他在我们之旁就像由闪电照亮了一样。那时，我们看见他的样子。以后，我们也许又长时间地并肩在黑暗中行走，并徒劳地想象他人的特征。"

孟子把"知人论世"作为说诗的根本，"论世"也许是相对容易的，但"知人"，则如施韦泽所言，是一件十分困难的事情。但施韦泽也说："在一瞬间，他在我们之旁就像由闪电照亮了一样。"也就是说，如果我们和诗人并肩而行，总会有机会看到诗人被闪电照亮的那一瞬间。当然，也许我们没有和诗人并肩而行的机会，但基于共同的人性，诗人的作品也许会在某个瞬间突然照亮了我自己，于是我也能进入诗人的情感之河，玩赏同样一个鸢飞鱼跃、鸟语花香的灵动世界。《月亮上有水》的鉴赏旅程草草走过来了，这些鉴赏是否是诗人被闪电照亮的那一瞬间的真实形象，我们不得而知，但是，至少这些作品可能在某个瞬间照见了我们的灵魂。

（收录于《月亮上有水》，长江文艺出版社2015年版，有删改）

读李铣的三首短诗

雪峰

雪峰：诗人。本名冯远臣，四川达州人。曾任风起中文网总编、中国诗歌网四川频道站长。出版有散文集《最是那碗人间烟火》、传记体文学作品《陆小曼传》等。现居成都，系达州市诗歌协会副主席、巴山文学院特聘作家、《四川诗歌》编辑。

　　选了李铣《赴永远的远》诗集中《默哀》《沟通》《没有鱼头的鱼》三首短诗，旨在探讨口语短诗的诗意是如何被"引爆"的。

　　李铣的诗以抒情见长，兼以哲理化的思辨，较好地继承了新诗传统抒情的写作方向。

　　严格的口语诗或者说写得成功的好的口语诗需要高深的技艺，它和"泛口语诗"泾渭分明。诗的"口语"剥离了日常生活中的口语，但又须依附于庸常的生活琐事，以之为材料，在极短的诗句中如何叙事或者言说并拓展出诗意的空间，对诗人的写作经验积累和深度思考是一种考验。为了说得透彻一些，不妨引用罗兰·巴特在《名室》里关于摄影的话语和相关理论来加以说明。在巴特看来，日常的摄影（照相或录像），是有选择性地"取景"和"聚焦"，它是有极强的针对性和意义的联想。符号学家赵毅衡先生将其译为"展面/刺点"，把"取景"理解为"展面"，那么"刺点"就是私人化强烈关注的"意义"所在。"刺点"犹如"伤痕""印记"，让读者受到某一点的"刺激"，引发联想，结合背景中的"展面"，就构成了一幅诗意的图案，而诗意的"引爆"就从"刺点"开始。

《默哀》的"取景"就是"向死者默哀"的场景，像一个简单的陈述句。"向死者默哀"的场面，并不会产生诗意，诗人通过死者联想到生者"经历的痛"和"活着的艰辛"，而让生者成为"无声无息的代言"，"代言"便构成了"刺点"。死者的解脱，生者的痛苦，生与死哪个更快乐，哪个更悲哀？留给读者去拓展思维。《沟通》一诗表明，人与人之间的沟通是困难的，有时甚至是无法沟通的，在特定的场域，用语音传达语义时可能会让人产生误会和分歧。"西服"与"西湖"四川话音同而义不同，在电话上沟通，传达出的信息迥异。诗人在西湖的烟雨中，买一件西服，很平常的一个"展面"，如何将其转换到诗意的角度，继续写下去才是重点。"买了一件西服/只是穿着它淋雨/像雨披一样，管用"，这一句是一个突兀的拐点，这个拐点就成了"刺点"，同时与上文产生了断裂。诗人应该买雨衣或者雨伞呀，西服适合在比较严肃或正规的场合穿，但他却用来代替雨衣，用意何在？是消解西湖的庄重和美，还是调侃自己与朋友无法"沟通"的窘态？由此，上下文之间的"断裂"产生的张力是否能对"沟通"有一个更好的诠释？

《没有鱼头的鱼》"取景"乡村便宴，"刺点"在"身首异处"（没有鱼头）的鱼。"它的际遇，让我/多了一份伪装的怀念"，身为"鱼肉"的鱼会被怎么安排取决于人类的厨师。将它的"尸体"用泡椒、葱、姜、蒜体面地包装之后，给饕餮者以"味道极美极鲜"的快感，是"迷失方向感"的鱼在伪装，还是饕餮者们自娱自乐的伪装？不过相比《沟通》而言，《没有鱼头的鱼》在"刺点"的运用和挖掘上似乎不够完美，在语言表达上有差强人意的附会。

这三首小诗若能利用"刺点"理论更精准地遣词造句，或许能达到不俗的效果。

就修辞而言，这三首小诗，均采用了悖论与反讽的写法。布鲁克斯在《精致的瓮：诗歌结构研究》中说过："悖论语言正合诗歌的用途，并且是诗歌不可避免的语言。科学家的真理要求其语言清除悖论的一切痕迹；很明显，诗人要表达的真理只能用悖论语言。"他自认为有些夸张，但不可否认，这类修辞对当今口语诗创作也很有效。而"反讽，能承受语境的压力，因此它存在于任何时期的诗中，甚至简单的抒情诗里"。《默哀》一诗里，生者和死者构成悖论的矛盾主体，"换位思考"在"默哀"的语境压力下，产生"代言"的反讽效果。《没有鱼头的鱼》由作为美食的鱼和饕餮者之间构成相互"认同"的"伪装"，凸显出反讽"表现诗歌内不协调品质"的有限度的合理性。

有诗歌研究者曾提出口语诗"修辞空心化"的高论，但在这里不难看出，"修辞"的运用在任何诗歌作品里都是不可或缺的,除非将"悖论"和"反讽"排除在修辞学术语之外。甚至提出"拒绝隐喻"的于坚,他本人的口语诗,尽管用"裸体"呈现,但究其对物象的描述和叙事,其本质也是一种隐喻。有人将这种诗歌写作者称为话语的"聪明主义"者,他们通常在诗的开始用极大的篇幅铺陈叙事,在结尾处突然产生与文本断裂的出奇构想,从而使诗意在这个"刺点"上"引爆",其事件源于偶然的一瞬的记录,让受众的神经产生"痛感",从而完成诗意的表达。这种诗歌适合个体的对"人性"和"生命"的挖掘和思考,以及对"崇高""歌颂""英雄主义"的消解,它和传统诗歌写作在向"诗"靠近上并没有什么不同,这将是从"否定"走向"肯定"的必由之路。

与李铣的交往不多,每次见面都是彼此谦和地点头微笑而已。上次在他的新诗集研讨发布会上,他郑重地将他的《赴永远的远》签名相赠,从他温和的表情中,我感受到了友善而得体的儒雅,突然觉得他是我值得信赖的兄长,这源于我对"品"与"德"的基本认知。故以挑刺般的角度,选了我自认为有话可说的三首作品加以点评。

像在爱中，万物显形（节选）

赵学成

赵学成：诗人、诗评家。河南太康人。作品发表于《星星》《山花》《中国诗歌》《诗歌月刊》《文艺报》《解放军文艺》《散文诗》等刊物，著有诗集《骤雨初歌》。曾入选首届"星星大学生诗歌夏令营"，获"中国'80后'诗歌十年成就奖"。

时值晚春，日丽风和，花盛莺忙，正是读诗好时节。当此之时，展读《草堂》2023年第4卷，不由得齿颊生香，只觉不负光景不负诗。本期"首座"刊发的是剑男、商略、殷常青、李铣四位诗坛中坚的诗作。剑男的这组诗在对自然的谛视和投怀中，充分融入了个人的体悟与感兴，整体上确实契合了诗人试图"重建人与自然的关系"这一写作愿景。值得注意的是，诗人倾身自然时的精神体式是丰富的，呈现出人与自然关系的不同侧面和形貌，比如《开满荷花的湖面》中的参证关系，《旧时山路》中的托物言志，《椴木林和乱石滩》《天兴洲》《大道和歧途》中的沉思与感悟，《雁群飞过》《走在山中的少年》

中的共生、映衬与互融等等。应该说,"人与自然"本身就是一个宏大的话题,当代诗歌对自然的书写尚有可资开掘的巨大的话语空间,尤其是如何深度介入自然的时代遭际,激活"人化的自然"本身所包孕的种种可能的精神命题,而不只是单纯滞留在对自然的"永恒性"的想象上面。剑男自述这组诗中有"一些比较明显的抽象的东西",恰恰印证了诗人敏锐的诗歌直觉在其质朴、丰实、闳深的诗歌脾性中所发挥的内置作用(技艺和具体的细节处理是另一个层面的问题)。商略为现代隐逸诗提供了又一个崭新的风格化的版本。在商略的倾力建构下,"县城"成为一个重要的词根和词源,成为一个精神的飞地,成为心灵与美学的双重籍贯。所谓"县城即深山",在遥接和复现《小窗幽记》中提到的那句"闭门即是深山"所营构的古老的生活愿景的同时,也在诗歌中为一种生存的智慧和哲学找到了恰切的想象自我的方式,那种冲淡、松弛、清正的语体应和着诗人达观自适的生命节律,让古意弥生的诗歌写作成为一种明心见性的修行,也让"隐居在县城"成为商略实现自我身份认同的关键切口,成为一句富有伦理性意义的诗学宣言。殷常青的诗深情、高迈而又郁勃有力,其内里常常盘旋着一个不无陡峭的高音,交织和激荡着抒情的冲动、热烈的倾诉、和解的愿望和冷峻的省思。组诗的题目"恳切与偏执",精准照应着诗人在诗作中反复吟哦的"中年"的心境,同时也是为一种"中年写作"张目和命名。于是我们看到,尽管诗人坦陈"我接受平庸的生活,按压心头的波澜"(《小悲歌》),试图接受自己"我已来到中年"(《黄昏》)的现实,但诗人诗作中俯拾皆是的富有强烈的听觉爆破力和视觉冲击力的用词，依然暴露了这是一个艰难的自我争执与内心挣扎的过程。这就是美学对于精神的忠贞——有时候，它也能形成一种变相的矫正，一种形式上的胜利。李铣的诗自由灵活，题材多样，常常能在平凡事象的铺陈中嵌入奇异的想象，形成语势的拐角和旋涡，从而叠合出丰富多彩的意蕴空间；而那些被诗思唤醒的内在经验，又显示出一定的异质性，这可能与诗人土家族的身份有关。《饮酒》将酒后的酩酊状态与诗思的想落天外巧妙对接，营造出奇诡而又有心灵指向的意境；《自然醒》从日常俗世及自我喜好起笔，转入对"灵魂自然醒"后的自我叩问，个性弥显而又警醒有力；《爱美的屋顶》将对"美"的渲染、礼赞与"我"对"美"的趋附、追寻紧密关联了起来，自然托举出诗人对"美"的个人理解；《谒渠县賨人谷》写拜谒"未曾认识的祖先"，"水库清澈见底，鱼儿无以幸免／根深叶茂的榕树，刺破大地／也招摇苍鹰的苍天"，借风景状心神，冷静克制的笔墨下颇有欲言又止、言近旨远之妙……

（原载于公众号"诗草堂"，有删改）

读李铣的诗

尚仲敏

尚仲敏：诗人、第三代诗歌运动主要评论家，参与发起"非非主义"诗派、"大学生诗派"。历任《非非》诗刊评论副主编、四川师范大学诗歌研究中心名誉主任。曾获天问诗人奖、《草堂》诗歌奖、昌耀诗歌奖等。著有诗集《始终如一》《只有我一个人在场》，发表过《反对现代派》《谈第二次诗歌浪潮》等诗论。

我和李铣因诗歌而结缘，又因志趣相投而成为至交。他为人低调内敛，朋友聚会，他总是倾听多于言表。尽管如此，作为诗人，举手投足之间，仍能感受到他深厚的学养、隐秘的才华和波澜壮阔的内心情感。

李铣的诗大致经历了两个阶段，先看他早期的一首诗《栀子花开》。这首诗以唐代诗人薛涛的著名诗句"欲问相思处，花开花落时"为引子，最终以"你始终如一的盯望/让各自年华散尽"收尾。薛涛和李铣写的都是相思，都以花开花落作为隐喻和参照物，前者写的是无尽的悲伤，后者的立意似乎更开阔，由"栀子花开"，写出了岁月的沧桑巨变和年华的逝去。

再看他的"你诞生于一场灾难/美丽,止于一场灾难"(《诺日朗瀑布》),"幸福之旅,只差一盏尚未点亮的路灯"(《杭白菊》),"我要借助雨中植物的呼吸声/把她唤醒"(《雨中,我去寻找一个人》),这些早期诗歌作品所呈现的精妙诗句,无一例外,都能寻觅到李铣"咏物感怀"的文本痕迹。"咏物感怀"是唐诗宋词留给中国诗歌的伟大遗产和传统。具有家学渊源的李铣,内心充溢着深厚的人文学养,他把古典诗歌的"咏物",完美地传承和嫁接到现代诗歌的"感怀"上。看似他写的是风、花、雪、月,实际上他写的是当今社会人类对自身境遇的深邃思考和普遍情感。

李铣近几年的诗歌创作,无疑进入了更接近诗歌本质、更高级的第二阶段。那就是他发现了"语言之美和哲学之美"。看他的近作《看戏》:"帷幕关上又拉开/露出时光的后半段/一个店小二,偷走了月影/栽种在刚刚疏浚的湖面"。李铣从"咏物感怀",直达语言的内核,在词语、意象、人物、事件之中,依靠高超的技艺,呈现了语言之美,同时,又向我们展示了他的哲学思考。我历来认为,所有的哲学家都是语言学家,所有的大诗人都是哲学家。哲学家通过语言思索世界,大诗人通过哲学说出世界。李铣的近作客观上证实了这一论断。

青山不改,余生很长。期待我的好朋友李铣写出更多更好的诗歌作品!

还乡,在词语的指引下出发

——浅析李铣先生的诗写密码

吕历

吕历:诗人。四川蓬溪人。曾任四川省作家协会蓬溪创作基地主任、遂宁市作家协会副主席。作品曾获全国乡土诗大赛一等奖、四川文学奖等。著有诗集《不眠的钟点》《飞翔与独白》《隐隐约的花朵》《穿过夏天的冰》等。现系中国作家协会会员,四川省作家协会全委会委员、诗歌委员会委员。

艺术创作的冲动源于根本的乡愁——关乎精神溯源、心灵安顿、身份认同。真正的诗人都是乡愁的词根。他(她)不是盘桓在出发的站点,就是跋涉在还乡的路上。出发和还乡,是人尤其是诗人无法逆转的宿命,它既涵盖日常的劳绩、烟火,又统摄诗与思形而上的追问、形而下的凝视。检索李铣先生四十年来的心路历程,不难发现,他正是一个怀揣探幽乡愁、拨动诗性密码,穿行于词语丛林、奔赴精神原乡的虔诚的歌者。

哦!空旷的城市
我找不到
通往另一个星球的街道
　　　　——《歌声从天而降》

现实生活中的李铣先生是位

清爽而又柔韧的谦谦君子。尤其是他干净明亮的眼镜片后面,总是闪烁着两朵富有金属质感的目光,诚恳而温暖,豪放而敦厚,传导出善意、信任和澄澈的亲和力。这种融赤子的注目与游子的远眺为一体的生命磁场,正好与他的诗路构成了内在的呼应——沉浸与抽离——"空旷的城市"和"通往另一个星球的街道"所呈现的时空体量,豁然展开了一幅立体的、此在的"精神流亡图"——诗意的张力衍生出聚焦的景深,奇妙的象征瞬间搭建起一座语言浮桥,出发与抵达之间难以言表的行状,亦在瞬间实现了自我与他者的情感共鸣、语言响应。圣徒般"从天而降的歌声"所释放的音律,恢宏而细腻,直击嚣嚷的尘世。

> 风中,你努力保持闪亮
> 以一种姿势挺立
> 任凭未被污染的云
> 飞过来飞过去
> 窄轨在你身边
> 早已不见火车的踪影
> ——《栀子花开》

但凡诗意的呈现,都是对"原乡"的扫描和定位——艺术的根本意义就在于助力此在对遗忘的警醒和对抗。独立的诗写者,自带去蔽的法力,其解锁诗性密码后所生成的句群、语境,自然会分蘖出存在的隐喻,有效延展出新的审美可能。

或许诗人的任务就是要从混沌的、浓缩的、深邃的社会语境中，萃取存在的光源，点亮还乡的火烛，积攒漫游的盘缠，以此完成自我的救赎并惠及他者。

作为解密记忆的诗写，语言本体无疑是表达的基座、破雾的神器。这无疑为李铣先生这样一个祖籍在重庆秀山、生长在天府之国、外柔内刚且略显腼腆的"60后"诗人，平添了一分寻根思故的怅惘和敏感——基于家学渊源和个人禀赋，李铣先生自幼便结缘诗歌，并矢志不渝地在从何处来、向何处去之间体悟存在之思，锲而不舍地探究诗意栖居和精神还乡的出入口。栀子花中丝丝缕缕、漂移不定的"乡愁"，无疑是诗人直觉的头绪、生命的经纬、远行的动力。

> 关于我，生命正日渐走向终结
> 而一生的爱情尚未表达
> 幸福之旅，只差一盏尚未点亮的路灯
> ——《杭白菊》

随着阅读的推进，深藏诗人内心的诗写密码，便渐渐露出机杼，有了破译的可能。诗人如此迂回曲折的独白，道出了长期悬置于坚硬现实与柔软期待中间，属于诗人的扑朔迷离的隐痛，唤醒了植根于他者记忆中的共情因子。

> 我带着诗歌，这些词语是我的敲门砖
> 带上迟到早退的春天
> 带上重新出发的柔情
>
> 她住在那并非想住的地方

> 我要借助雨中植物的呼吸声
> 把她唤醒
> ——《雨中，我去寻找一个人》

　　李铣先生的诗作总是令人目不转睛又灵魂出窍。在词语的启动与制动之间，似有若干平行的路线聚焦于他眺望的远方，既清晰可见又不可捉摸，呈现出了一种新的诗意审美的可能性——在我有限的认知中，艺术行为者大体可分为三类：人性之光的提取者——延展认知；智性审美的拓荒者——利用碎片；人文垃圾的制造者——腐败累积。三者蕴涵着艺术行为的多样性：创作和制作、创新和模仿。同时也展现出艺术的基本属性，即创造的可能——表达的现代性、有效性、唯一性和伪智的欺骗性。真正的诗人、艺术家就是在这个不断自我更新、自我博弈的时空闭环中潜心修炼的人。从《雨中，我去寻找一个人》所离析出的讯息来判断，李铣先生显然属于执着于前两者的诗人。雨中的"她"，似可解读为摇曳于诗人灵魂深处的、实在而又意外的光亮，亦可理解为至美对存在的诱惑——守护"乡愁"的诗歌女神。借助"她"的同构与加持，诗人所要唤醒的，除了自我的精神足力，还有集结于血液中的语言密码、潜在的象形图文。

> 屋顶的亮瓦，像一只暖暖的手
> 抚摸我的脸庞，扒开
> 土壤下行走的汉字
> ——《分水岭》

人世间其实并不存在无情一说，只有深情与薄情之分。而深情终究是言说的源泉、诗写的元素。尽管"还乡"总是从告别开始，以告别休止，但追随的脚步依然迂回有致，冥冥之中的灵启之声氤氲于心，不绝于耳。

故土婆娑，雨越织越密
墓园随风飘移起来
父亲母亲从高处，看我的生活
过去传授的经验，是否有效或失败？
——《通感》

"文学的脉动让我回归本真、从容自足，这或许是久违的原生态生活以及人生真谛的回响。"李铣先生曾说他"只想为我们这个赖以生存和演绎爱心的世界而歌而泣，既随意又惬意"。无论有声还是无言，爱都是最高贵的痛。人们小心地爱着或被爱，交换彼此的痛感。

麻醉：刹那间
怀抱一条大河睡去
流向哪里？全然不知
……
此间我是生长的宇宙，也是墓碑
——《麻醉》

痛也是诗人最隐蔽的触角和密码。好的诗作可以启动当下痛点的全面响应,并连通判别未来的直觉。无论有用之象,或无用之诗,诗写无疑会宣示、昭告出鲜明的创作伦理——诗人当成为时代的眼睛和良心。对于真正的觉醒者,即使被物理麻醉,也不会丧失灵魂的知觉,其良好的理解和认知,始终处于警醒状态。

> 战争还在残酷地进行
> 弹片像桃花瓣,纷纷倾泻
> 墙上的地图太小
> 我看不清那块土地的颜色
> 倒下的百姓和士兵
> 是扎向我心脏的图钉
> ——《三月》

直面感同身受的当下,回家的愿景幻化成了腥风血雨的厮杀。每一颗有诗性的文字,不仅是扎向诗人心脏的图钉,也是铆在世人神经上的弹片。不可言说的苦厄,被诗人一一道破——人性的异化、堕落、傲慢与野蛮,正在加速当代文明的迷思与撕裂,给众生的还乡之路铺上了丛丛荆棘。如此图景,绝非诗人所愿。

> 但最好别有高级动物
> (这些自称创造和智慧的生命)
> 绝不能再次演出
> 地球上永无谢幕的悲剧
> ——《月亮上有水》

诗写的目的正是在于通过对存在之恶的破解与过滤，对存在之善的加密与存在，实现生存的和平和生命的自治。求真、向善、尚美，作为诗写的源代码而被诗人备加珍视。李铣先生边走边祈祷、且行且珍惜的诗意表达，直观呈现出了诗人良善的济世情怀和忧患世事的人道格局，其独立自由的语言、灵性丰盈的想象，传递出了诗人对人世困顿的担当之心和克服之意，凸显出了诗人用新锐的"反常"创造有效的"正常"，重塑当代诗写伦理价值的道德自觉。

经验主义委顿和消弭之际
一些新词
在纸面感冒，生成并卷起风暴之眼
——《读史》

在颠沛流离的语言世界，在兵荒马乱的还乡途中，各种"写作秘籍""生活指南"泛滥成灾。而事实上，诗写与生活并无标准答案，谁的手中都没有可以掌控他人的真理。修辞的皮袍愈是精致，内在的冷漠就愈加强烈。对于心存敬畏的诗人，他（她）的每一句诗行都是未来的起点、当下的落点。在此过程中，诗人内在的感觉是返回自身的尺度，是用于自我判断、通向创造可能性的唯一通道，除此之外，并不存在其他假设的捷径。质疑任何关于创作的技术性说辞、"金玉良言"的指导，是摆脱迷信权威、自我束缚的直接路径。对此，诗人李铣先生拥有属于他自己的破解密码。

夕阳的光亮,缓慢移过戏台
《牡丹亭还魂记》正隆重上演
"所有的爱都让人着急"
下一场,川剧变脸可供消遣
　　　　——《看戏》

诗写的最高成就在于完成了独具个性的诗学之美的发现、创造、建构和传播。这是诗写的真正魅力所在。语言是看见和说出的交汇处,出发与抵达的通行证。阅读李铣先生的诗作,在众多意外之中,还可收获如下意外——极具现代感的审美经验。

油条下锅,像道袍加身
炸开旧时光的奢望

这简朴的事物来自煎熬
意欲将个人主义的味觉改变
完成对遗产的争夺并磋商
　　　　——《老油条》

法国当代著名思想家、文学评论家罗兰·巴特曾论述道:"成为现代,即是知道哪些不再可能。"此言逆向说明了艺术创作要确立其现代性及当代性,就必须扬弃过期、失效的表达经验,开创立足当下、朝向未来的新的表达方式。《老油条》所呈现出的多解性,成功刷新了陈词俚语僵化的"过去时",衍生出了让人耳目一新的"现在时",建构出了精神还乡的当下语境。现代性即是三观的现代化，其基本形态表现为真善美的不断升级更新，其核心价值在于认知的当代性——用人性反抗兽性、用文明反抗野蛮、用正义反抗邪恶，不断优化存在的语境，守住人类的家园。

诗写是关于存在的拷问。突围的路径既是唯一的，又是普适的。创作不是讨好，而是创造并提供一种认识自我、重塑新我、完成自我的可能。诗是无解之解、无用之用，每一次出手并不意味着成功。诗人要敢于写出失败的作品，唯有不断地试错，才有找回密码、打开还乡门禁的可能，其意也繁，其义也简，正如李铣先生在其诗作《蚊子》中所言："花脚和刺，随时序张开/挑战人类脆弱的体肤和神经"。

文学创作，可能伴其一生，也可能半道而止，但是有了"人性"的照耀，犹如人类文明洪流滚滚向前的一朵浪花，就不再孤独渺小、犹如尘埃。写作者也必会在这样的心态和场景中，获得隐秘的欢乐和伟力的支撑，使创作成为人生的一部分，生命亦因之不再孤行。诗歌和诗人融为一体，走上命运感召的长途，奔赴永远的远方！

还乡，在词语的指引下出发。作为诗歌语言的一名优秀的"铣工"，李铣先生在他《关于诗集〈赴永远的远〉的随感》中的这段文字，同样为我们破译其诗写密码提供了重要的参数。

让歌声从天而降

——序李铣诗集《歌声从天而降》

李自国

> 李自国：诗人。四川自贡人。曾任《星星》诗刊副主编，著有诗集《第三只眼睛》《告诉世界》《生命之盐》《行走的森林》《骑牧者的神灵》等，曾获四川省文学奖、新诗百年优秀作品奖、郭小川诗歌奖等。现系中国作家协会会员、中国诗歌学会理事、四川诗歌学会党支部书记兼副会长。

李铣是我多年交往的诗友。继六年前他以其处女集《感动》，俘获了无数少男少女之后，到如今，在这新世纪的2001年，他又让一部他躬身耕播了数载的《歌声从天而降》，"降"得如此自然，如此亲近，如此美妙动听！无疑，正是李铣这些可称之为"心灵写真"的诗作，正是诗人这些袒露灵魂的生命之音，叩击着一个个游荡在"都市边缘"的浪子情怀，使读者围绕着美的内涵，层层深入诗人诱发的想象空间，让纯真的美感和意境得以无限伸延。

李铣从20世纪80年代起就自觉地走进了诗歌创作的艺术境地。他为人真诚，为诗真诚，所抒所吟，均发自肺腑。近二十年来，这位活跃于四川诗坛的实力诗人，在终日忙忙碌碌于案牍之余，竟远离霓虹灯的诱惑和麻将声的叫嚣，甘愿躲入小屋，在如豆的灯光下冥思苦想、与诗对坐，其求索精神可钦可敬！用他的话说："无论工作也好，学习也好，还是写诗作文也好，其实都是一种人生态度，我用积极的人生态度亲近诗歌，觉得生活充实而快乐！"

李铣是一个忠实于自己生命感悟的诗人，他的诗显示出诗人开阔的外在视野与心灵视野。在《歌声从天而降》里，我们可以窥见，从自我到爱情，从爱情到社会，从社会到内心，有时是灵魂的独白，有时是心灵的对话，有时是掩卷的沉思，有时是娓娓的歌唱，有时笔调温柔，有时语言犀利。可以这么说，《歌声从天而降》是一部美与爱、真与善相映生辉的诗集。

我们常说，诗是心灵酿造的歌。而人生如歌，爱情如歌，生命如歌，个中三昧，怎能不叫一曲曲悠扬的"歌声从天而降/直击路上的行者/并浇开花朵/任芬芳的力量飞扬"（《歌声从天而降》）。这首诗的动人之处在于诗人从自己的主观感受出发，别具一格地拿花朵与歌声这两个明净、深沉的意象做对比，烘托出那摄入魂魄的一曲曲歌唱，造成联翩而至的感觉空间，使行者的灵魂得以净化，使美的意境得以升华，升华到诗人面对歌声的力量时唯有陶醉与迷惘："哦，空旷的城市/我找不到/通往另一个星球的街道"。诗人在诗中还试图用诗性的话语对他人倾诉一种内心，试图以哲学的睿智来征服读者："上苍的力量来自内心/无法预测和左右/感觉的降临/而荒芜重又再生"（《九月的阳光》）。在生活中，沉醉于深深的爱情，迷恋于粉红的美梦，自然是人生不可缺少的一段生命历程。黄昏时分的海滩，沙软日红，潮涨鸥飞，美不胜收，在《另一类玫瑰》中，作者这样写道："此店彼店无货/我满城乱跑/走到郊野的一角/才闻到她的香味"。诗人李铣的感觉世界是灵敏而多情的，面对一花一草、一景一物，他总有内心的发现，甚至能从花草树木的形象与表征里提炼出耐人寻味的哲理。可以说，李铣相当篇什的作品都是智性与知性的交汇，是人格化的诗，是拨响爱情之弦的箭。

无论黄钟大吕也好，低吟浅唱也罢，诗人作为生命与灵魂放逐的歌者，只有把根牢牢地扎于大地，伸向历史、人生、自然、社会、友情、爱情，才能使它们有其各自的价值，才能起到净化灵魂的作用。八年前，李铣这样写下对诗的理解与把握："净化灵魂是诗歌创作的一个重要目的。颂扬真善美，消除人心蒙受的尘污、不平和痛苦，是诗人的神圣职责和使命。诗所抵达的地方，理应发出人类理想的灿烂光芒。"

在这部诗集第二辑的《杭白菊》和第三辑的《栀子花》中，诗人用他那朴素的心灵，用他那清雅的诗行，对生活中的一切表达他的真诚和爱意，因为他能从平凡的事物中发现生活的真谛；因为他能洞悉社会，为人类的生存环境而歌吟；更因为他本质上是诗人，不仅懂得诗化人生，更懂得寻找人生的诗意。无论是《春天的爱情》中的"遭遇一双手/剪去勇敢的期待"，还是《命运》中的"早已被上帝之手制成/我们看到的/只是播放……"；无论是《途中》中的"蛇以前所未有的舞姿/吸引我走进/炉火旺盛的茶园"，还是《栀子花》中的"依然盛开在往昔的风中/病中的我，嗅不到它的芬芳"；无论是《城市歌者》中的"面对现实与历史/面对往事与向往/面对熟识与陌生/纵声歌唱"，还是《登泰有感》中的"泰山之重/在于唯我独尊……一生的高度／或许来自内心"……所有这些，诗人以虚实相间的手法，以独特的意象、巧妙的结构、明晰又有张力和内蕴的语言，折射出人生的喜怒哀乐、爱情的恒定无常，以及生活的多姿多彩。在这里，诗人不仅完成了与他人的心灵互访，而且超脱了"自我"的羁绊。真正意义上的诗人是睿智的，他的情感是超脱的，他的灵魂不会负载过多的世俗的欲望，因为欲望太多了，就会因难以负荷而裹足不前。

纵观《歌声从天而降》中的所有诗行，无论是哪一类作品，李铣的语言都是简约而朴素的，他大多采用自然意象，使诗的表达平易而亲切，因为他深知："其实语言的外壳／像我崭新的西服／是一种巧妙的伪装和构思／它掩饰了我真实的／心跳过速"（《这些诗》）。另外，《歌声从天而降》里还体现了作者对诗歌现代技巧的把握，他在努力寻找一种表白自己内心的最佳语言，从《感动》到《歌声从天而降》，六年之中，我们不难发现他不断求索的轨迹，而这些轨迹构成了一幅幅心灵的图像，或是一个宁静幸福的港湾，一片葱郁勃发的绿洲。正如他在诗中所渴望的那样：

诗呢？诗是高高的阳光
让内心依旧朦胧
或在深深的谷底
发出幽怨的叹息
也许期待彻底绝望
我的某根神经啊

（收录于《歌声从天而降》，重庆出版社2001年版）

远方的远还会更远

龚学敏

> 龚学敏：诗人。四川九寨沟人，著有诗集《九寨蓝》《紫禁城》《纸葵》《四川在上》《钢的城》《幻影》《雪山之上的雪》《濒临》和诗歌译注《像李商隐一样写诗》。现系中国作家协会全委会委员、中国诗歌学会副会长、四川省文联副主席、四川省作家协会副主席，《星星》诗刊杂志社社长、主编。

李铣，作为一个接地气的诗人，让我佩服。

他自20世纪80年代初就开始诗歌创作，并且发表了不少作品，展现出了他的文学天赋。在几十年的创作历程中，李铣逐渐形成了自己独特的诗歌风格。尤其近年来，有大量作品出现在各种诗歌刊物和平台，其诗歌的变化让人耳目一新。

李铣的父亲是中国当代民族学研究领域的泰斗，家学深厚，加之中华传统文化广阔的视野和多年受父亲的影响与文学的熏陶，李铣形成了对生活真诚的态度，并将之铺陈在他非叙事的每一首中。

改革开放以来，李铣对诗意的追求和看法有了变化。从传统来看，中国的大诗人必然背靠传统，面向世界，在审美日益多元的情况下，依然有对诗意的坚守。世界在变，语言在变，文学艺术包括诗歌也在发生着悄然的变化。李铣坚持生活中的创作，并且有所变化，达到了一个成熟诗人具备的世界观与格局。

在李铣的诗歌中，我们除了能够读他到对自然山水的诗意描写，还能感受到他对四川地域文化和悠远历史的深入挖掘与独特的展现。不仅为我们打开了一扇了解地域文化的窗口，更能激发我们对所处地域的多维思考。他诗歌中的历史、风物、情景，以及语言本身都表现出诗人观察事物与人的敏锐，还有对自然、历史、生命的敬意。李铣的诗歌还充满了对生活的热爱和对人性、生命的深刻思考。

他的诗作中除了真挚的抒情之外，还不乏对人生哲理的探寻和对生命意义的追问。这种思考使得他的诗歌不仅具有美感和诗意，更富含哲理，不少的佳作，都能够引人入胜，让人掩卷长思。

成就来自一个人的修为，李铣为人低调友善，是有大格局的诗人。诗人不是职业，而是气质，是格局，是正确的世界观、人生观和价值观。在这个价值越来越多元的时代，三观尤为重要，某种程度上决定着我们今后的创作。对文学的敬畏之心，对诗歌创作的敬畏之心，是成就李铣的另一个重要因素。

李铣有一个很多诗人都不具备的优点，即善于总结自己，善于发现自己的不足。知道自己的不足就是进步，在这一点上，我要向李铣学习。当然，我相信，在诗歌的道路上，他还会有进步，远方的远还会更远。

随喜帖 诗相

SHI XIANG

风雅框架
——李铣其人其诗

陈晓兵

陈晓兵：笔名茶客，四川成都人。毕业于成都大学中文系。曾从事教育、声像编导、文学杂志编辑等工作。在平台、刊物发表多首（篇）古诗、词、赋等作品，著有《茶客诗集》。

同窗李铣，承家风和煦，蒙大师垂范。自幼沿袭书香：待人温玉，风骨不移；治学敏慎，心存高远。诸学之中犹尚风雅，志于诗坛。

常年以来，不管夏溽冬寒，无论琐事冗烦，始终墨心于胸，诗行未断。

观其诗，得李、杜、苏、辛的神韵，化"朦胧"且灵变。意象开阔，词峻不凡：时而捧月亮之水，时而引幽古之叹；笔锋奔驰天宇，墨迹遍染人寰。

几番心血，遂成诗行千篇，专著四部。赢得声名远播，惊动方圆。慨曰：山川湖海流奇霞，天上人间叹为观；八斗之才傲巴蜀，一方诗家笑艺苑！

朋友李铣

何民

何民：诗人、作家。四川都江堰人。曾创办《萤》诗刊并任副主编，著有散文集《川西手艺人》《手艺的温度》《山水之间一座城》。现系四川省作家协会会员、中国散文学会会员、都江堰市作家协会副主席。

朋友李铣，斯斯文文的一个"眼镜儿"，说话轻言细语，一看就知道是个有文化有修养的人。

昨天二哥打电话说几个朋友约在"麻哥兔"吃饭，我咽喉痛，本不想去，二哥说，李铣来了，我也顾不得喉咙难受，扑爬跟斗儿地就赶过去了。

老朋友见面，自然是十分地喜悦。摆谈中，得知李铣第三本诗集即将付梓，甚为欣喜。繁忙的工作并没有熄灭李铣的诗人之梦，几十年笔耕不辍，硕果累累，令人叹为观止。

我和李铣相识于20世纪80年代，那是中国诗歌和成都诗歌的高光时刻，无数青年男女为诗歌疯狂。其时李铣刚大学毕业，诗人的气质碰上了诗歌的热流，岂有不被熔化之理？因为爱诗写诗，一次在都江堰举行的跨地区的诗友聚会交流中，我们认识了。离开都江堰后，别的诗友就很难得到都江堰，而李铣三天两头朝都江堰跑，和都江堰亲热得很。当时我已成家，而另一名诗友永德还是单身，于是永德在单身楼上的那张单人床便成了李铣的"客栈"。凉拌猪耳朵、卤肥肠、跟斗酒，三朋四友相聚，快活得很。

你以为李铣真的就那么喜欢都江堰的跟斗酒？才不是呢。你几个还在那儿带着酒意谈诗的时候，李铣就已经骑上了永德的那辆除了铃铛不响，周身都在响的自行车跑到蒲阳去了。在蒲阳空军疗养院，有个叫王惠的妹妹在等着他。

如果自行车也没有了，李铣就迈开双脚，从离堆公园门口开始丈量到蒲阳的距离。

一次我到成都，转弯抹角地拐到了李铣那儿，没事，就是想和他摆几句龙门阵。都江堰的朋友来了，李铣很高兴，眼镜片后面的眼睛露出兴奋，拉着我就说，走，喝酒。一激动，连搁在桌上的钥匙都忘了拿，等饭后回来，已进不了屋子。那时年轻，也仗着一点酒意，我说，翻进去，李铣说，好。于是一个托，一个攀，翻窗而入，来了一个现实版的"飞檐走壁"。直到现在，这事都是我俩茶余饭后的龙门阵。

2005 年，永德不幸去世。李铣和都江堰的一群诗友联络了成都市区和周边区县的诗友，一起为永德写诗作文，出版了一本纪念文集。这在当时的圈子中反响强烈。因为，此事无先例。作为主编，李铣是功不可没的。"麻哥兔"饭毕，李铣又提议，明年清明再约上一些诗友到永德长眠的山上去看看，众人皆赞同。由此可见李铣对待朋友的赤诚。

作别时，李铣和新老朋友一一握手话别，唯恐漏掉一人。谦谦君子样，让人觉得，交此朋友，值得一生珍惜。

（原载于《华西都市报》，2014年7月20日，有删改）

李铣与那些难忘的诗歌往事

马及时

> **马及时**：诗人、儿童文学作家。笔名小非,四川都江堰人。曾任《青城文荟》责任编辑、四川省青少年作家协会副会长、都江堰市作家协会主席,著有作品集《树杈上的月亮》《赤脚的童年》《童年的背影》《割肉》等。现系中国作家协会会员、都江堰市作家协会名誉主席。

一

我总是在那些纯洁得让人很想流泪的日子里,想起青春岁月里的那群成都诗人,想起后来成为好朋友的成都青年诗人李铣,以及都江堰一大群热爱诗歌的青年。

"文革"的背影渐行渐远之后,在20世纪80年代席卷大陆的文学热中,成都这边的诗歌活动开始活跃。东城区文化馆诗歌创作组(红杏诗社)、西城区文化馆诗歌创作组,以及后来的成都市总工会工人文化宫《工人文学》诗歌组团结的一大批诗人和诗歌青年,特别爱到灌县(今都江堰市)来做客。

说是来灌县联欢,其实是带来了大城市陌生的诗艺和特定年代的文学激情。频繁的两地文学交流活动中,成都青年诗人中给我留下了深刻印象的,有龙郁和黎正光。

龙郁英俊潇洒,激情如火,浑身散发着狂热、燃烧的诗歌光芒!龙郁身上的诗人气质太浓了,我很怀疑,他离开了诗歌,是否还会正常生活?黎正光则沉郁而厚重,话不多但有分量,每一次活动,他都像沉默在某个角落的一尊年轻的诗歌雕像。

此外,给我留下了印象的女诗人则是阳光和与周渝霞。

童年个子矮、长大了依然矮的我,在女人面前有着天然的自卑感,从不敢正眼凝视一个年轻女人。在那些爱诗的日子里,忽然从成都来了两个妙龄女诗人,年轻的我顿时惊为仙女降临!

但非常遗憾的是,在两位成都女诗人风华正茂的岁月里,胆小的我,居然没敢认真看过她们一眼,直到几十年后再看时,心中的两位女诗神的风采,已然与青春年华时相去甚远了。

我很后悔。

不过,岁月掩不住阳光和与周渝霞两位女诗人的气质美,她们人老了,微笑却没有老,甚至连穿的衣服也没有老。

不知道为什么,在那段纯粹的诗歌的岁月里,成都与灌县两地的诗歌交流活动中,给我印象最深的还不是上面的两男二女,而是诗人兼小说家贺星寒。

贺星寒作品中冷峻的川派幽默,常常让人瞠目结舌。

我在《青城文荟》杂志社当编辑时,接触了全国各地许多名家的稿件,但印象特别深刻的不多,川内贺星寒算一个,另一个是年轻得当时还在读大学的聂作平。

二

20世纪90年代初,《青城文荟》杂志获得全国统一刊号时,灌县已改为都江堰市了,《青城文荟》不但是全国县级市罕有的公开发行的文学刊物,而且稿费不菲。当时,国家稿费统一标准为千字10元至30元,但《青城文荟》稿费千字最低也要30元,与全国省级文学刊物稿费相比,也算很高了。

当时那样的稿费,对作家们已具有一定的吸引力,加上女作家何洁广泛的文坛人脉,令刊物集聚起很强的文学磁场。以至其编辑部民间好稿、名家力作(如四川文艺出版社金平力荐的余秋雨先生的扛鼎之作《都江堰》就首发《青城文荟》)日渐增多,刊物质量高,特色鲜明,稿源丰富,自然越办越好了。

一个县级市办的文学刊物因此令文坛瞩目。

贺星寒是诗人、小说家,也写散文。《青城文荟》系大散文刊物,他因此投来散文稿,篇篇精彩,我当然篇篇照发了。贺星寒的幽默在于不动声色,待你顿悟之后,方止不住开怀大笑。另一个文笔幽默的作家,当属崇州市小说家榴红,就我目力所及,二人淋漓尽致的川派幽默,其时当属川人之最。

聂作平令我印象深刻,是因为他给《青城文荟》投稿时,还是个在校大学生,但他字里行间的才气光芒闪烁,令当时每天认真读稿的我十分震惊。

初读聂作平来稿的第一感觉是：这是个才气萌芽的青年诗人。

1980年至2000年是大陆散文诗发展的黄金21年，我当时混迹其间，正在狂热地写散文诗，所以特别偏爱散文诗。而聂作平那些貌似散文的短作，其实是非常精彩的散文诗，我就是将其当作散文诗发在《青城文荟》上的。

聂作平的诗人天分不容置疑，他的新诗写得真好，当然，诗歌写作在他后来的成就中已属于副业了。

三

仔细想来，最早与都江堰诗歌结缘的，应该还是籍贯成都的邛崃青年诗人杨然。

1980年，在灌县抗战老诗人陈道谟、许伽的支持下，由灌县青年文学爱好者李永庚、何民、谢心明发起，成立了后来在成都地区产生了广泛影响的"萤"诗社。

诗社的取名，源于《星星》诗刊。

因为《星星》诗刊在全国诗歌爱好者心中的崇高地位，几个发起人就商议：《星星》是天上的星星，光芒四射！我们是《星星》的忠实追随者，就像田坎、沟边小小的萤火虫，虽光芒黯淡，可尾部还是会发出微弱的光芒——于是，一个叫"萤"的诗社从此在川西平原上悄然诞生。

诗社社长李永庚、副社长何民，聘请老诗人陈道谟、许伽为顾问，很快创办了《萤》诗刊，并印发了油印诗刊《萤》。诗人流沙河还特地为《萤》诗刊题字："星是天上的萤，萤是地上的星；一颗落下来，是流萤；一只飞上去，是流星。"

后来，《星星》诗刊由白航、陈犀带队，倾巢出动到灌县辅导"萤"诗社诗歌创作，还专门安排版面选发《萤》诗刊上的作品，并特地注明选自《萤》诗刊；《绿风》诗刊、《都江文艺》等刊物也先后选发了《萤》诗刊的作品。

一时间，《萤》诗刊声名鹊起，灌县民间诗歌创作活动由此日趋火热。

也正是在这一时期，灌县诗友结识了邛崃青年诗人杨然。

杨然经常做客都江堰，他一来，诗友们就相约欢聚，或小坐南桥河边，尽情享受来自玉垒雄关的绿色凉风，或登临苍郁的青城山，一路问道、观山、望月，一路杯酒尽欢，长夜说诗。

杨然以诗歌名世，也是一个毕生钟情于诗歌的纯情诗人。

瑰丽奇诡的诗歌想象力，加上长期乡村生活的浸润、厚积，杨然的诗歌衍生出一种与众不同的韵味，我们在阅读的时候，常常在不经意间，就获得了一种耳目一新的阅读享受。

几十年延续的诗歌友谊，使杨然成了都江堰文坛的座上宾。

四

1980年以来，成都与灌县的两地诗歌交流活动中，当然应该有一个重要人物，他就是内向而聪慧的成都青年诗人李铣。

青年李铣给我最初的印象是特别斯文、害羞、腼腆。他常常一言不发地站在你面前，似乎周身的每一个毛孔，都散发出一种男性的温柔体贴，以及深藏不露的文化内蕴。

我当时就想，这样的青年也要当诗人？特殊的文学热年代，印象中的好多青年诗人，好像都是一些另类的"疯狂家伙"。

记得一个特别炎热的夏天，才华初显的都江堰青年诗人王国平邀约我们上虹口，去看望几个在虹口避暑的成都诗人。饭毕，他们打麻将，我静静地坐在一旁观战。突然有人"杠上花"了，只见那人手舞足蹈，大叫着"杠上花了！我杠上花了！"跳上了椅子后还乱蹦乱喊，竟想往麻将桌子上跳，幸好有人拉住了他。

李铣当然不会跳桌子，因为文雅的他不爱打麻将。

成都诗人们每次活动之后就走了，只有李铣不走，他拉住张庆、廖永德、何民、汪浩和我说："走，再去喝一会儿茶，我新写的几首诗请大家提点意见。"

再后来，随着文学热的逐渐降温，成都诗人来的次数更少了，唯有斯斯文文的李铣常来常往，友谊日深，灌县诗人们甚至把他当成了半个灌县人。

李铣每次来灌县，大多数时候都寄宿在都江机械厂职工单身楼，因为都江机械厂有何民、廖永德两个特别好客的青年诗人。灌县几个疯狂地热爱着诗歌的青年，聚在一起就抽烟、品茶、喝酒、吃肉，为文学梦高谈阔论，所有的话题，都围绕着诗歌旋转。

李铣不知在都江机械厂单身楼度过了多少个诗歌的夜晚。

几个年轻人常常彻夜长谈诗歌，为北岛、顾城、舒婷倾倒，为叶文福、骆耕野燃烧！

年轻真好。那些诗歌的夜晚，至今仍令人深深怀念。

都江机械厂单身楼是一栋三层的红砖房，坐落于岷江鲤鱼沱畔，窗下是一片农民种的萝卜、白菜。入夜，朗月在天，虫声唧唧，大家便在拍岸的江涛中朗诵各自的诗歌新作，炫耀某个刊物的采用通知，畅谈青春期的诗人梦。

谈得累了，倦了，困了，就各自寻一张空床困一觉。

那晚，凌晨4点刚躺上床，心细如丝的廖永德便来关心我了："二哥，碗在床下，伸手就摸到了。"

碗？什么碗？原来，那些年工厂的宿舍都没有卫生间。廖永德住三楼，单身楼只有底层才有公共厕所，夜半屙尿要摸黑下到底楼，非常不方便，于是便各自备了个搪瓷碗或搪瓷盅，以代替夜壶。

半夜无灯，摸黑将搪瓷盅屙满尿后，偷偷打开窗户使劲往窗外一泼，干净又利落！这痛快的"尿碗"真是个了不起的发明。

严寒的冬夜，都江机械厂单身楼窗外的泼尿声，此起彼伏，诡异而痛快。

黎明推窗，看到楼下临窗菜地里长得格外茂盛的莴笋、萝卜、白菜，青年诗人们暗自得意。

廖永德床下那个积满尿垢的"碗式尿壶"，成都诗人李铣啊，这么多年又过去了，想必你不会忘得干干净净了吧？

五

李铣到灌县很勤,灌县诗友从此多了一个温文尔雅的成都青年诗人、一个真心朋友。有时,灌县诗友还邀约三五个人,一起到成都李铣家去骚扰,去喝酒,去吃好东西,去大谈青春飞扬的诗歌。

灌县多了李铣这个"巴适"的诗友,起先我以为是都江堰的灵山秀水迷住了李铣,结果我弄错了——李铣加入灌县"诗歌籍",还得感谢一个叫王惠的美丽少女。

王惠是空军疗养院的兵妹妹,皮肤白皙,身材姣好,那双又黑又大的水汪汪的眼睛像是会默默地说话。穿上那身绿军装,你叫青年诗人李铣如何不拜倒?如何不三天两头跑灌县的蒲阳镇?

初识李铣时,我以为他太内向,没有豪气冲天的诗人气质。其实我又错了。李铣浑身有的是诗人气质,只不过类型不一样,他身上有一种奇特的诗人气质,因此我称他为"情种型"诗人。

比如,诗友们在都江机械厂聚会时,谈诗谈得正热烈,他一眨眼就悄悄溜走了,骑个旧自行车,跑到空军疗养院去幽会美丽的兵妹妹王惠去了。

那些疯狂的文学热年代里,"诗疯子"很多,为爱情疯狂的诗人却极少见。李铣是个少有的"双疯子"。他对爱情的理解很深,爱情的根须强壮有力,注定要长成一棵浓荫蔽天的爱情的大树。

至此,我对李铣诗歌的理解又多了一个视角。

李铣感情丰富，诗歌的触须特别敏锐，从日常生活的点点滴滴中捕捉诗情画意是其特长。加之创作勤奋，繁忙的工作之余，李铣有感而发，日积月累，已出版了《感动》《歌声从天降》两本沉甸甸的诗集。

忍不住为老朋友拍手称快。

后来有一次，李铣在与都江堰诗人王国平、马明林、刘建华、汪广忠、邱岗、何民、文君、余理梅、董柳和我的聚会中，李铣点名要我为他即将出版的诗集《月亮上有水》写点文字，我二话没说，当即欣然应允。

岁月浸透的友谊，并以诗人的名义淬火，就不应该轻易再言"拒绝"。

六

2005年5月11日11时45分，李铣的好朋友、青年诗人、都江堰文坛"通联部部长"廖永德骑电动摩托车突发车祸，不幸辞世，时年仅47岁。

都江堰文坛的天空瞬间泪雨横飞。

悲痛中，李铣和都江堰诗友张庆、王国平、马及时、何民、汪浩、黎民泰、殷波、蒋永志、马明林、王富祥、刘平、文佳君、钟培根、文洁、周明琼等四处奔忙，联络了成都市和其周边区县的老师及诗友王尔碑、张湮、杨然、龙郁、牛放、聂作平、李自国、刘春、周汝贵、谭宁君、羊子、凸凹、曲博、付辉、殷世江、阳光和、周渝霞、傅厚蓉、吴德彦、郑兴明等，一起悼念永德并挥泪写诗作文。

2005年5月13日，《成都商报》隆重推出长篇通讯

《成都诗坛哭祭酒楼诗人》。

之后,李铣任主编,王国平、马及时任执行主编,编辑出版了众多诗友、朋友撰稿,至今依然沉甸甸的《廖永德纪念文集》,为都江堰及成都周边的诗友们,留下了一册珍贵的、浸透着泪水的诗友纪念文集——留下了一段只要翻开一读,就忍不住要流泪的诗歌往事。

(收录于《月亮上有水》,长江文艺出版社2015年版)

歌声从天而降,诗意破土而出

王国平

一

歌声从天而降
直击路上的行者
并浇开花朵
任芬芳的力量飞扬

在这个浮躁与喧嚣的时代,总有一些人,怀抱青春、理想、文字、诗歌、爱情与梦,穿过熙熙攘攘的人流,在大地某个干净的角落,放下行囊,洗净耳朵,聆听那些从天而降的歌声。

这群被歌声击中的聆听者中,就有我的朋友李铣。

二

关于诗人李铣,我最早知道的是他的父亲,当代著名民族学家、人类学家、社会学家李绍明先生。四十多年前,由其总纂的《凉山彝族奴隶社会》一书就被誉为"科学大厦的奠基石"。

因此，在这里我想首先梳理一下李铣的家学与师承，这对于了解李铣诗歌的学术渊源、民族背景和语言风格有着重要意义。

三

李铣的祖父李亨出生于重庆秀山。李家在秀山本是望族，到了李亨这一代开始破落。李亨上过私塾，二十岁不到就到酉阳，在西属学堂做打钟工和一些杂事，他便利用空余时间在学堂旁听。后来结识名人吴嘉谟，吴见李亨勤奋，便将他带到了成都，留在身边做事。赵尔丰来川后，委派吴嘉谟任关外学务局总办，李亨亦随之出关。1907年在巴塘，他们创办了当地第一所官办学校——巴塘小学，李亨是创办人之一。后来，李亨四处办学，因此还得到过清朝廷的嘉奖，被提拔为县丞。清末，同盟会进入巴塘，李亨参加了同盟会，成为早期会员。

1911年，辛亥革命爆发后，吴嘉谟离开关外学务局回到康定，众人便推举李亨代理总办。随后不久，蜀军政府委任李亨为昌都府知事，结果因为当地战事，李亨未能到任。返回成都后，他开过钱庄、煤矿，经营过百货，搞过交通运输。1927年，刘文辉派李亨担任汉源县县长，李亨在当地为民众做了很多实事好事，解决了很多问题、纠纷，被誉为"草鞋"县长……

今天，重新审视李亨的人生轨迹，我们依然会为他身上凸显的那份关注民生、着眼教育、务实求新的历史责任感深深感动。

从李铣身上，我们依然可以窥见乃祖的风范：勤奋、认真、有责任感、诚恳、执着、兢兢业业、永不言弃……这些优秀的品质在他的生活、工作与诗歌中一样都没有落下，随处可见。

四

李铣的父亲李绍明先生亦是我的忘年交，我尊称他为"李伯"。

这是一位道德、文章堪称楷模，学术声望名播天下的大学者，他的一生几乎是那一辈中国学人的缩影。

李绍明（1933—2009）先生曾做过费孝通、马长寿、冯汉骥、夏康农等诸位民族学大家的学术助手或秘书，亲身经历了中国人类学/民族学学科历史上的诸多重大事件。他是教会大学的最后一批学生，也是新中国培养的第一批学者；他专攻民族学，也受过历史学的训练；他受西方理念影响，也有中国传统道德观念的熏染；他既是田野工作的践行者，又参与推动了诸多学术机构的创立并担任过领导者。他先后参与少数民族大调查，参加中央民族慰问团从事抚慰工作，主持横断山区"六江流域"民族综合考察，致力于"藏彝走廊"民族综合研究，倡议"南方丝绸之路""康巴学"的学术构想……他著述宏富，由其总纂的《凉山彝族奴隶社会》一书被誉为"科学大厦的奠基石"；其参与编写的《羌族史》为羌学奠定坚实基础。生前曾任全国哲学社会科学民族学科规划组成员及国家社会科学基金评委、中国民族学学会副会长、四川省人大常委会委员、四川省社科联副主席、四川省历史学会会长、西南民族学学会会长，享受国务院政府特殊津贴。

李绍明先生一生尊重长辈，关爱同人，提携后学，他的治学成就和师表风范，足以成为后世楷模，更是李铣一生的榜样。

而李铣身上尊师重道、科学严谨、一丝不苟、善待友朋等诸多品质应该来自父亲的言传身教。

五

相对于他的同龄人来说，李铣是幸福的。

他不仅有父辈的文化熏陶，而且有机会进了大学，同样不容忽视的是，曾经教授他知识的白敦仁教授、钟树梁教授、谢宇衡教授和钟文教授都是那个时代最好的一批老师。

相比于国内的名牌大学，李铣所读的成都大学的声名虽然并不显赫，但是，李铣和他的同学们有一批著名学者任其教授，也是很有福了，那时候正是他们对知识如饥似渴的年龄阶段。

教授李铣古典文学的白敦仁（1918—2004）先生是著名学者，长期从事宋代文学教学与研究。20世纪50年代中期，出国任波兰华沙大学特聘讲师，归国后曾任成都大学中文系主任。在成都大学时，白先生善讲授，以言辞清朗、辨析入微而称名一时，与四川师范大学中文系教授雷履平先生并称"雷白"。生前曾任四川省李白学会副会长、杜甫研究学会顾问，著有《水明楼诗词集》《巢经巢诗钞笺注》

《陈与义集校笺》和《杨升庵评点〈草堂诗余〉》校本。

另一位李铣素所尊崇的古典文学老师钟树梁（1916—2009）先生是唐代文学专家，汉语声韵学专家，曾任成都大学教授、副校长，民进四川省委主委，中国杜甫学会顾问，四川省杜甫学会名誉会长。著有《古声韵学要籍辩析》《杜甫研究丛稿》《自汉迄宋中国历代女才人评价》《草堂之春》等。

曾经教授过李铣古典文学的还有著名学者谢宇衡先生（1926—2001）。谢先生为人正直耿介，疾恶如仇，早年与陈道谟先生一起编辑抗战刊物《挥戈》，年纪轻轻就声名渐起。新中国成立后，他与老舍等共同主编新中国第一部《文学概论》。又因"胡风反革命集团"案蒙冤下狱，因此长期受到不公正待遇。谢先生面对压力，始终刚正不阿，不计个人得失，倾心治学，严谨敷陈，其学术成就及精神在学术界享有很高声望，为后人所景仰。

教授李铣《文学概论》的钟文先生（1944—2017）当时亦是一位卓有建树的青年学者。他毕业于上海师范学院，曾先后在上海机电一局、四川东方锅炉厂等单位工作，后来执教于成都大学，著有专著《诗美艺术》。曾任深圳大学校外课程部主任。

尽管热爱新诗，但李铣从来没有轻视过传统文化的学习。在这些名师的教诲下，李铣的传统文化功底与新文学理论齐头并进，成为支撑他三十多年来文学创作与工作的两大基石。

六

我与李铣相识,缘于我们共同的朋友廖永德。

我第一次见到李铣的父亲李绍明先生时,欣喜地跟他谈起李铣,李伯毫不犹豫地说:"那你肯定认得倒廖永德!"

李铣开始写诗的时代,正是被誉为诗歌"黄金时代"的20世纪80年代,我虽然当时还在读小学,但是时至今天,遥想诗人们在那个时代跃马纸上、诗酒人生,亦忍不住心向往之。

就在那段激情燃烧的岁月里,李铣抱着青春、梦想和一叠厚厚的诗稿,与师长和兄弟一起,骑着文字的大马,穿行在芳草、佳人、节气、露水和美酒弥漫的时代里,笔尖落处,一个个温暖甚至滚烫的方块文字成为他们的俘虏,乖乖地在他们面前站成一些长长短短的句子,被大家高声朗诵或低声吟哦。

他把那个时代创作的诗歌,都收录在他的诗集《感动》中。确实,那是一段容易让人感动的岁月,既感动于那个诗意盎然的时代,又感动于那一群以诗歌论交、以文字取暖的朋友。

七

如果要以作品数量来评判一个诗人成就的话,李铣不足以被称为一个优秀诗人,因为三十多年来,他只创作了两百多首诗歌。

幸好写诗不是养猪、喂鸡、种菜……因为诗人不是劳动能手。

李铣诗写得不多，那是因为他已经把写作视为生活或生命的一个组成部分。他知道，应该像善待自己的生命一样善待诗歌。

李铣写诗，就像他做人一样，严谨认真。

李铣认为，一个人的诗歌一定要遵从他的内心。因此，他的诗句最尚自然，最忌刻意，坚决拒绝应景之作、应时之作。

当很多人把"小我"作为诗歌的主题时，李铣说"诗歌须有良心、良知、责任感，乃至使命感，这才是一个写作者应有的心态和作为"。我终于明白，为什么李铣三十年来只写了两百多首诗歌。

李铣交友，也像他做人一样，严谨认真。

李铣择友极其认真，甚至可以说严苛，人品不好的人他决不相交，而那些平凡的门卫、保安、车间工人、普通学子则都有可能成为他一生热情相待和尊重的朋友，比如工人作家龙郁、都江堰机械厂保安廖永德、下岗女工沈群等。我也认识李铣身边的一些朋友，那都是以心换心、肝胆相照的朋友，双方不仅可以在诗歌技艺交流中毫不留情地直指病灶，在生活与工作中也是诤友。如果说这些年来，上百首诗歌是李铣在创作上的心血结晶，那么李铣身边的真心朋友则是他在人生旅途中的重要收获。

我还想说一句，做李铣的朋友是幸福的。

尽管工作很忙，他也会细心善待身边的每一位朋友，就像细心善待他的每一位家人，就像认真对待他写的每一首诗歌。

我至今还记得李铣写给陈道谟先生和廖永德兄的诗歌和散文，那里面饱含的深情将让很多以"友谊"命名的文字蒙羞。

我以为，朋友和诗歌，是将伴随他一直到老的青鸟。

八

这些年来，在写诗的同时，我读了大量的诗歌。

越读越疑惑：新诗走到今天，什么样的作品才算好诗？

今天，当很多诗人"炫"技巧炫得我们眼花缭乱时，他们的文字早已没有温暖；当很多诗人写长诗大诗甚至史诗已经长得没有节制时，他们的读者已经气喘吁吁……李铣没有在诗歌技艺上玩弄花拳绣腿，他用最质朴的语言丈量他的人生履痕：泰山、宝鸡、华山、青海湖、兰州……他用最温暖的诗句抚摸古镇、"小资"乃至女人和狗等当下生活中的一切，他用最朴素的汉字搀扶母亲、女儿、时光、春天的爱情和三十年的岁月。他站在五月的庭院里，怀抱着巨大的忧伤，说："依然盛开在往昔的风中/病中的我/嗅不到它的芬芳/近的太远/拥抱成为今生的期待"。

尽管读者都是非常高明的，但是我依然想引用李铣的这首《母亲老了》："母亲老了/走着走着/像个小孩/突然跌倒//小孩跌倒/一跃而起/母亲老了/爬不起来了！"在面对苍老的母亲时，他没有任何修辞手法，他就这样对着我，安静地讲"母亲老了"。但是那些朴实的句子中仿佛有一把刀子，戳痛我的内心，让我在33个汉字中间想起了自己仍在江油劳作的母亲，然后泪流满面。

　　我想，是该回去看看母亲了，带着李铣的诗集，然后把这首诗一字一句地读给母亲听，读给故乡的山水听。

　　其实，我们都不是什么诗人，最伟大的诗人是天下的母亲，所有的儿女都是她们今生写下的最美丽的诗行。

　　　　（原载于《羌族文学》，2017年第2期，有删改）

诗作
随喜帖
SHI ZUO

李铣旧作

栀子花开

> 花开不同赏,花落不同悲。
> 欲问相思处,花开花落时。
> ——〔唐〕薛涛

风中,你努力保持闪亮
以一种姿势挺立
任凭未被污染的云
飞过来飞过去
窄轨在你身边
早已不见火车的踪影

人在病中酣睡
不知何故久久不醒
梦里教堂制造的钟声
带着春光徐徐围拢
你始终如一地盯望,最终
让各自年华散尽

杭白菊

此物最先来自一种盼望
西湖的云朵何时
飘向这里浮躁的春天
我不能设想,一场夜雨过后
心灵还将碰到怎样的问题
抑或铭心刻骨的思念
也只能抵达梦想的边缘

茶的不足在于过分深刻
有时,杭白菊就来缓解
除去内冲的肝火

太多的事情直逼你
让你不得安宁
更不得宁静以致远
关于我,生命正日渐走向终结
而一生的爱情尚未表达
幸福之旅,只差一盏尚未点亮的路灯

转眼就是夏季
杭白菊张开翅膀
飞入杯中观望

面对如此俊逸的仙子
我们表现出非凡的坚强
但是灵魂需要援助
需要扶持一把,比如
鱼和熊掌不可得兼时
使我们做出
果断而富于温情的抉择

歌声从天而降

歌声从天而降
直击路上的行者
并浇开花朵
任芬芳的力量飞扬

我是行者中的一员
芬芳包围过来
减慢血的流速
于不经意间,软化骨头

醒来,这些时日
一扇扇门紧闭着
意在关住歌声
又似乎得意地注视
我的自作自受

唱歌的人
仍从容而不停地歌唱

哦！空旷的城市
我找不到
通往另一个星球的街道

中秋之夜

月亮将至了
奔月的人还在路上
天上人间，何其相像
唯有不同的是
无论万载千年
——人比月光更漂亮

九月的村庄

九月的村庄犹如九月的阳光
让我无限地遐想
我来这里，寻找水的源头
森林的源头
失落已久的忧伤

其实最后的获得
并非最初的守望

找到了恋人
就找到了我自己,和
九月的村庄

新年的雨
——致亲爱的朋友

新年的第一场雨
来自新年的第一天
滋润我们
滋润干旱的平原

这是一个好的预兆!
让风调雨顺,生活丰登
愿青春成长,事业发展
祝福汇入大海
心胸比海洋更宽
祝福广袤的土地上
失业者重操旧业
失学者头顶学校的蓝天
祝福孤儿不再孤独
废墟变成美丽的家园
祝福回家团圆的人们
一路飞奔,平平安安
还有未及抵达的爱情
也从远方驶来,顺利到站

及时雨哦，及时风
穿过厚厚的云层
洗涤了尘埃，吹得那
心中的旗帜
在雨过天晴的阳光里
起伏，招展

爱你

在南极冰川融化，陆地沉降中
我爱的海拔正在高升
在雾霾逼近城市，阻挡星星时
我爱的天空更加明晰
爱你，如同爱祖国爱民族
如同爱河流爱大地
如同内心潜伏的闪电
一旦发出，将击毁我的躯体
获得粉身碎骨的胜利
末了，爱于尘埃中穿行
凝聚我、雕刻我、塑造我
让我成长成才
落地落实
——那是道路铺设的并轨
那是照耀着我的阳光
又照耀着你

月亮上有水

一则新闻说
月亮上有水
那么广寒宫里
一对孤男寡女
是否还在沉醉?
我不知晓
科学仍在坚持探寻

有水就有希望
乃至动物、植物及其他
月亮也许比人间更美
但最好别有高级动物
(这些自称创造和智慧的生命)
绝不能再次演出
地球上永无谢幕的悲剧

给你写一封信

我在飞机上,两万米高空
写一封信给你
我试着用甲骨文
以示爱情的时长和文明

机舱里不能抽烟
想象你送的香烟慢慢燃烧
也不能打电话、发微信
就写一封信：白纸如孔雀开屏
写下云端飘荡的思念
写下雨中的不眠夜

甲骨文的身体变成形声字
活过来，一边表音、一边表意

飞机降落，信未写完
续写的篇章交由佛陀
风推动金色的转经筒
无常，但且听命

看到长江以后

看到长江以后
再看其他江河
会感觉渺小和狭隘
心胸被江水冲刷
便获得了一次
顿悟

我是忠情生活的歌者
又常常为生活所苦恼

看到长江以后
种种悲欢就随泥沙放逐
只有江水——那非至清无鱼的江水哦
永远,自由而默默地流向海洋

大海终于将你接纳
我的长江,看到以后
我向往于长江之外的银河
向往于银河之外那些有名和无名的星球
我还以十二万分的关注
热切盼望着
有朋自远方来
有朋自天外来……

完人素描

枯燥生活中,你朝气蓬勃
有倾听的素质
有包容的雅量
有宽阔的胸怀
有采纳的修养

面临多重可能性,你始终如一
泰山压顶不变
宠辱坐怀不变
以不变应万变

从塔松和绿萝丛林走来
遇见另一个你,成就美与更强

终归,被这个人打败
雨中的划痕,指向流水的远方

风筝

春天的广场,风筝飞起
飞越秋冬,又回到花开时节
飞过雾霾的家乡、乌云的墓地
放风筝的人看不见
仍在原地枯坐,且茫然无知

这只风筝比鹰更坚强
好像喷气式战斗机
阳光在前方照耀
雨水为她湿身:干净而至美
也许有一天,放风筝的人
手里紧攥线绳,但已经死去

其实他并未想到回收
只期待看一看、搂一搂
——他的,亲爱的风筝

读诗的翔

读诗是一种状态
进入就很难出来
金鱼美丽,游于缸中
游不出水之外玻璃之外
偶尔遇到缺水
还会有难耐的干渴
读诗的翔能够这样比喻
当然,她比所有的鱼更为可爱

经常有一幕幻想
无边无际的大草坪
阳光金箭般洒下
在中央,翔傍着鲜花
安静地读诗
成群的鸽子围绕她
做自由的栖息和低飞

此时此刻
人生的故事戛然而止
潜伏的闪电击中我
也击中那个叫翔的女孩
最后风景远逝
在我心中
留下一些深沉的别致

关于温柔

温柔是血脉里的承传
有着大浪淘沙的冲击力
温柔是一种语言的建构
装满形而上的无限性
温柔也是锦帛，胜过刀刃和拳头
并非远在天边，有时就在眼前
比如：微笑、和善与扶助
这些生活的内部问题
供你轻易选择。犹如送去
雪中的炭或烫热的酒

风过耳，在温柔的境遇中
你将获得广大的人间

谷雨的雨

庞大的雨，压向地面
在炸雷声中解除
上天的沉疴
空气顿时清新无比
抬升精神的桃花飞翔
——夏天来了。一次
急促的恋爱，适时步入婚房
生活充满长久的麻烦

落下的雨找不到方向
开镰的钟声响起
是浇灌新生的禾苗
还是与污泥混战一场?
这些答案并不重要
雨水,在人间走上一遭
就如同幼儿,贡献了美丽而简单的力量

白日焰火

白日焰火,为谁而放?
是为一座城池,一个故事
还是祝颂亲爱的人儿
为了一段情的芬芳
我是局外人,也在局里
他人的焰火
正是我心灵的华章

可惜!你看不见
或者视而不见
执着的燃放
带给我某些冲动
如醉人如痴梦
如晴朗扫平晓雾
也扫平七月
病中的忧伤

一生的阳光

一生的阳光中
那最强烈、最炽热的
何时来临?
我为你预留了空间
你在无数次梦里显影

是春天的久驻
仁爱的光辉
是一个人,也是人类
真善美的全盘复辟
无论大树、小草和花朵
旷野、乡村与城市
都能和谐相处、终生相依
乃至走进坟场
照亮尚未坍塌的墓碑

阳光有如暴风雨
洗涤每一处角落
但很低调,细致
阳光有如哲理
浸润人间心扉
并穿越宇宙,经久不息

雨中,我去寻找一个人

雨中,我去寻找一个人
要走完泥泞的道路,有苔藓
要经过潮湿的天空,有阴霾

我带着诗歌,这些词语是我的敲门砖
带上迟到早退的春天
带上重新出发的柔情

她住在那并非想住的地方
我要借助雨中植物的呼吸声
把她唤醒

姑苏城

黑夜是一只巨大的蝙蝠
扑来,姑苏城的老街
顿时松了筋骨,精神软绵
"点灯啦!"一声吴侬软语像雾
沿宽窄的河道飘荡漫延
米酒、黄酒和杨梅酒散发着诱惑
红灯笼升起,照亮
墙内外怒放的丁香花
昆曲阵阵,从形而下至形而上

直把人心唱到
孔雀开屏,彩翎招展

山中遇雨

山中的雨说来就来
尽管一溜烟的乌云
像一个贼,跟踪追随
刚进山门,就是雨们的天下
瞬间变脸:由点滴到倾盆

淋湿了全身,算不得什么
给烈焰降降温
鸽子花展开羽翼
雨歇之后空气更好
守着客栈的古茶和灯光微醉

这里没有人心的变脸
要是变了,就转不过来
因为苔青渊深,墓碑耸立
世界已很逼仄

送别

地铁即将进站
我们伫立门边

无言。握手，拥抱
身体微微倾斜，像没有拉开的弓
——这是两个男人的礼节
你匆匆去换乘
驶向故乡的冬天

我还有三站路程
也将步入深秋
那时的你，但愿仍充满温暖

一晃秋冬就要转世
桃花和李花盛开彼岸
春的颜料如快件，已装进信封
亦近亦远

何处安身

七月，太阳光的末端在滴血
映得窗户的帷幔绯红
仅仅一米之远
病床上的父亲
被黑暗深深地吸引
气息如同"点滴"
他睁开发黄的双眼
似乎路径已到尽头
倒下，这次无须批准

但灵魂犹如流浪的骨灰
不知在何处安身!

包容

从背后抱紧你,是怕
你看到寒夜里我的眼泪
点燃无数排灯

黑旋风疯长并袭来
这一站,血液停止供应

总觉得我,比你对我的爱
要多一点点优势的泪水
——安全地升腾

升腾跨越海市蜃楼
你会仰望星空
就如俯视人类,以及包容
每一颗个体的星辰

不要怀疑

"请不要无视我的青春"
也请不要怀疑我的爱
青春在废墟上生长

悬崖边是爱的乐园

这些都不重要,你赤脚
从彩虹光影中扑面而来
——高贵、美丽而简单
像一片竹叶青茶的玉立
又像隋唐时代牡丹的盛开

大地回春,拥抱入怀
花雨纷纷射击:勇敢的子弹
击中路上潜伏的麻雀
把蜜蜂的智慧与才能洞穿

收藏

在不经意间,我被这个世界收藏
呱呱坠落,呢喃学语
有了意识和思想
才知道:大海也要收藏江流
土地也要收藏稻香
战争收藏和平
和平收藏锋芒
我叩门而入
收藏先贤和圣哲
经书、辞典及诗歌扑过来
把我收藏,在莲花之畔

孤独与彷徨
仿佛深井下,我收藏文物
考古的价值,至今
冰山一角,未见天光

白马

有些真实,有些幻觉
仿佛从遥远的彼岸而来

比蓝天白云更白
比一穷二白更白

她的速度胜过光速
离永恒只差一秒

又似我的女人
在宽广多彩的夏季
矢志不渝,载着我
顺利超脱,伴随奇花异草

浪迹于江湖,每当
头发或胡须被渐渐点燃
内心的焦炭煮沸火锅

这样一匹有关白马的意念

像一列满载雪花的高铁,总是准点出发

喝酒

总有些人,在冬季的酒桌上
突然走失。去了哪里?
只留下缥缈的幻影——
让喝醉的人看得到

一桌好菜就此残缺
仿佛圆满的圆桌断了风水
酒盅冒着烟,祭奠
已逝的时光和谈笑风生

幻影有形,围着我们窃喜
看举杯之间的虚虚实实
你喝我喝,失控坠入
乍暖还寒的流水席

人性的平衡被打破
破碎成全了真善美
酒桌常摆常新
客随主便,宾至如归

忧郁之书

我并不拒绝爱
也不惧怕死亡
曾经的我,是一粒多情的种子
藏于家族厚植的土壤
经历和风与暴雨
成长为一棵树,但不歪斜
犹如枯水季节的河床
仍指向平原辽阔的西南方
那一排排厂房、宿舍
嘹亮的进行曲
让我精神抖擞、怀揣梦想
倒下的烟囱,砸出一片白烟
砸向没有寄出的爱
死亡的邮票,如影随形
从来都未改变"品相"
人到中年,我虽似一只跛脚鸭
也不失跑动的心
和步履的向善向上
走向终结吧!
连同我的忧郁和感伤

扭住的悲伤

旧历的一页就要翻过去了
那又怎样呢？某些死亡
是春秋大梦的开始
平静对待。比空寂的山林更静
内心深藏一座寺庙
菩萨端坐，香火缭绕
飞鸟没有飞绝，唯我自知

玄虚漫漫，喜怒哀乐衰减
爱恋，却永恒不变
先贤们像悬浮的排灯
探照无边的黑暗和潜伏的环线

矢车菊在麦地里乱开
火锅也摆在麦地里
沸腾……让歌声再次击中
阳光下胜利的后遗症
扭住的悲伤乃我的原罪

哲学的花瓣置放于餐具中
任人分享，也任人批判
星辉照着我，迎接并致敬
无数张温暖而尊卑的脸

分水岭

垮掉的容颜深埋我,但并未窒息
我瞪大双眼,望穿秋水
被抛弃的时光,站立在潮头
投来手榴弹和匕首,炸烂熬制的中药
开辟新的分水岭——
我的村庄依旧肃穆
诗书与稻谷堆积
堂屋供奉祖宗
屋顶的亮瓦,像伸出一只暖暖的手
抚摸我的脸庞,扒开
土壤下行走的汉字

昔日的废园

咳嗽的钥匙
打开没有抵抗力的废园
我的心像顽石一样融解
压住的时间和语言
也欢呼跳跃起来
亲切的忧伤,被文物的器具收纳
直奔人间场景的霄汉
感谢这场枯萎
让我认识你——我的园丁

虽然迟到；爱上你
却一点不晚。这样想着
废园，就变成了一座宫殿

读史

捧起坍塌的时间
历史的螺旋从巫术中转出
天人合一：苍茫的青山
有了清晰的容颜

天命倒映成人心
"人本"冲破神学的樊笼
载上诸子百家
尤其孔孟老庄
话语的玄深与机锋
大行其道，归于自然——

一介布衣，眷恋稻麦、佳肴和烧酒
挥洒下思想的盐
经验主义委顿和消弭之际
一些新词
在纸面感冒，生成并卷起风暴之眼

朗读者

小阁楼成了朗读的舞台
你轻声的诵读
让诗意的流水
流向细雨绵绵的江南

登楼的吱呀声
是最美的和声
那一杯竹叶青茶
全部站立
毕恭毕敬地倾听

大师的智慧传来
浸润小众的领地
这个午后的场景
有了一种舒缓的玄机
黄桷树叶尖上
滴下某些禅意

给朗读者一个拥抱吧
或许,这是缘起缘定的开示

李铣新作

老母亲

春天里,母亲正走下坡路
从八十八岁的海拔,一泻千里
走着走着,身体的烛光就散了

顺流而下……迷失的白发
如坚硬的生铁
刺痛我。母亲背叛方向感
奔赴大海的边缘,奔赴陆地的门楣

(原载于《诗刊》,2021年10月上半月刊)

美好的仍然是离愁

穿过后半夜,就是千年茅屋
墙上斑斓的油画等待
孤灯摇晃,风急雨骤

高铁飞驰或者老牛拉车
都不重要。美好的仍然是离愁
人间无眠,星空仁义,大地温柔

枕头下的合影照
进入梦中,激发胜利欲
挣扎着拉开门拴,奔向十八般武艺
诞生压寨的功夫和冲动

(原载于《延河》,2021年第12期)

官渡上空的云（外二首）

高原湛蓝,白云
似一座座
汉白玉雕
自由自在地奔跑

没有丝毫杂质
仿佛婴儿的肌肤
一件完美的艺术品

只有黑夜过后
星河
光影轮照的公正——
终将它,回归人世

金刚宝塔下
阳光拥抱着阳光
白云也渴望
一场初夏的闪电

耳钉

耳钉姓耳,但在我心中
它是一个童话的代称
初夏的下午,她突然说:
想要一对耳钉

又说,害怕耳朵的疼
似乎耳朵不属于自己

那来自蓝花楹掀起的风暴
必然从春城传递
耳钉还未打造
美像精灵附体

题"马踏飞燕"

近两千年仍然踏着
而且还要飞奔
你踏了我的仪式感
铜的命运在于浇筑

胜过低调与幽暗的光
穿过迷雾

如果是铁鞋,早已踏破
你就这么隐忍
——让我一跃翻身

(原载于《海燕》,2021年第11期)

看戏

夕阳的光亮,缓慢移过戏台
《牡丹亭还魂记》正隆重上演
"所有的爱都让人着急"
下一场,川剧变脸可供消遣

帷幕关上又拉开
露出时光的后半段
一个店小二,偷走了月影
栽种在刚刚疏浚的湖面

迎风而来的绿色植物
笑了,怪我年轻而多情
我也笑了……
沉入水底,去洗却
那一张涂脂抹粉的脸

流水渔樵（组诗）

飞驰的骏马

奔跑的夜晚在加速
晨光熹微，翻阅旧时笔记
一页连着一页，马匹飞驰，也有
星子的坠落，像我的祖母、父亲和母亲

我在阅读："美即是生活。"
车尔尼雪夫斯基把完整的碎片
扎入现实和现实主义
一条大河流淌至今

浪漫些吧！如一朵乌云开在脚边
为悦己者容。拾起它，举过头顶
彩虹成练，春山沉醉

太阳雨下，个人史的旧账得到清算
向天端起酒杯而咏
我重构骏马的翅膀，以及
人世的超验性

你的睡眠

高铁奔驰,那不能带走的
时空的锁链也带不走
磁性书签,夹着你慵懒的睡眠
深度入梦真好,梦里张灯结彩
蝴蝶翩翩飞舞
有人醒来,傍着你
一边欣赏,一边思考大好河山
高铁承载力有限
不如拖拉机,行进在半途
拽住我的诗稿:
青春、崇拜、爱,以及
迷恋的古镇

三月

战争还在残酷地进行
弹片像桃花瓣,纷纷倾泻
墙上的地图太小
我看不清那块土地的颜色
倒下的百姓和士兵
是扎向我心脏的图钉
我在故乡的东山上,看真正的桃花
对不起人类

麻醉

麻醉：刹那间
怀抱一条大河睡去
流向哪里？全然不知
除却心跳，肉身
仿佛一块石头，被搬运
安放在垭口，遮挡风雨
抑或压住一树梅花的挣扎
此间我是生长的宇宙，也是墓碑
蚊虫叮咬，小人捉弄
我赴云层顶端，挣脱地球引力

冥冥之中，只等一声轻唤——
李先生！灵魂似乎回归
文明附体。河流曲曲折折
冲刷我的伤口，缝合开裂的记忆

手术后，人间重整旗鼓
首肯浪漫，架构爱情

渔樵：言说者

——历史之树长青。言说者
有夕照做伴，有浊酒自饮

有限的故事交付一生的孤寂
钢铁洪流止步于沧海桑田
月明星疏,青史与青山同辉
人类的秘密真多
解密:手握"道"的钥匙
何时启开人心和命运之门?
文明史永无谢幕的光芒
"时间流不休,渔樵话不尽。"

流水是拿来渡的

流水是拿来渡的
功名伟业或只要平凡
琴棋书画加柴米油盐
睡到自然醒,琵琶半遮面
……葱郁的芦苇
不经意间伸向彼岸——
轻拂一个孩子的脸
运河长流,总那么天真烂漫
渡船在水上漂,众人落入
倒影的眷恋

盐

一只鹰觉悟,绝不随遇而安
它向往时代生产的盐

扶摇直下,冲向峡谷的厨房
躲过软骨的猎枪和闪电

心上之人,炊烟为号
经典的咸味升起
在密密麻麻的星星空隙
与巧克力的力量并肩

爱到了新的制高点。江河:
逶迤入海,壮骨补钙

雾山之春

山上有可亲的素食
素的空气,素的茶点
简单而新鲜。石牌坊耸立
石头屋子有形有态
关紧祖传的秘方。钥匙被盗
抽屉里才跑出了春天
动物植物活跃,神仙眷侣飘然
发现、挖掘,圆儿时旧梦
大雪过后,覆盖年代感
春天也是素的:好甜

为爱而爱

我是你的枯坐与冥想
是你分装的事物、过敏的燃烧
是小道上的亲吻,心如呼啸之岸
我是我的锈迹斑斑——
过往世纪稳妥站立的铁砧
是千呼万唤始出来的岩浆
是挣脱春寒料峭的为爱而爱……
最终,是列车过站后的并轨:一往无前
山峦起伏,蝶舞蜿蜒
遥远处,有可近的挂灯和杯盏

(原载于《十月》,2022 年第 6 期)

雨季奔波(组诗)

去往或者回归

时空装下山雨,浇灭半途的自燃
回形针似的道路,别一束格桑花,通往
并不遥远的溜溜城池

何谓溜溜?虚空也
而我的城清凉、平衡,充溢情愫

从掌心滑走,又回归无限的奥秘

卡车司机脸上泛着光
赤日炎炎,重物压迫生活
他们追赶滚滚飞石
在灭绝的神兽中找寻曾经的言语

一路都有赞赏,落日下的雪山宝顶
我出卖仅有的历史知识,换取
香甜的草籽、劲风的幡旗
——月光收敛,在高原低处匍匐前行

祈雨

我们对雨的祈求,不仅是
热浪的背离。还有
天地之间交换的信息
如何接受——被得罪的戒尺和评判
闪电、雷鸣里驻扎安乐
降到民间,听听膝盖下的奔波
雨被苍天锁住,挣扎在乌云的边缘
相信:雨季的来临
就像星球的自转与公转
循环的轨道上,跑着大于时间的炎凉
冰激凌上站着春夏秋冬
沿溪流而上,大本营和制高点

拥抱都市燃烧的病,以及疼痛的风险

中秋夜:木星合月

一册旧经典,翻了又翻
木星跑过来偷看
——人类是黑夜的管理员
同时为情所困:一块巨石上
栽种新情感

木星合月后就是好天气
我从幸福臂弯中还俗
夏季渐行渐远
丽阳升腾,山雨欲来
广场舞踢踏中秋辞令
所有的西瓜遁逃出城门
——成为有棱有角的激情往事

水电站

既是护祐,又低估了奔淌的决心
四周的青草、芦苇和树丛
抓住大地的宿主,默默把河流送向
黑夜与白昼的制造方
——水给我们免费的爱
堤坝如同一把猎枪,搬运和射出欲望

换取水的衍生物,滚滚
上下游的表情有弛有张

石头

我被石头击中,石头变成我
肉身的一部分。坚且硬
躲藏于废墟的祭坛
塑造一个外来的神兽
沧桑的轨道牵引,有些桀骜不驯
靠近地球的边缘,才为人间俘虏
从此青春:七情六欲不断
为自己,也为宇宙

替人生立下爱恋的字据
多情应笑我——
墨迹未干,归还期
索取我葱茏的头颅……

通感

故土婆娑,雨越织越密
墓园随风飘移起来
父亲母亲从高处,看我的生活
过去传授的经验,是否有效或失败?

我躲在一棵大树后
大树是再生的胚胎
被闪电照彻。雷鸣递交投名状——
正直的爱，交付高山流水裁判

(原载于《上海文学》，2024年第2期)

渔樵耕读（外二首）

山水世界中，渔樵转身
攀缘黄土地下潮湿的井绳
升到万物之上，升到历史天空

古镇古村古戏台
一曲吊嗓，几多水袖
压惊：渔樵艰难跋涉，终成正果

"渔知水，樵识山"——
"道"的道路无限风光或充分架构
耕读随后而来，宇宙的鸡血
打入精神的堡垒、超验的肌肉

生活包含俗务与欲望
渔樵以劳动者的势态
一手拿着渔叉和镐斧
一手握紧诗书，仰天吟哦

四季轮转。不变的是
仁义的真理,时时像大于空气的风
在道骨里秘密吹拂……

渔樵耕读也是醉了

   记桃花源

青山与青史,二者互证
桃花源才有了时空超越性
浪花淘尽英雄,是非成败
交付历史的经验:
"神的意义归神,人的意义归人。"
山水逻辑支撑生活与文明
大河滚滚而下,瞬间
占领梦中桃花坞
正道人间啊!
冲破桎梏,也知沧桑魏晋

   关于时空

你呀!不仅是时空伴随者
还是时空扮演者
扮演铜镜和镜中花
伴随月亮和水中月……

不要限制了想象，与时空为敌
庙堂之大与江湖之远
你若离开时空，要么是毒素
要么是超人
也或成为一缕青烟
像手机信号，随时空飘移

（原载于《扬子江诗刊》，2024年第3期）

灵岩书院

久闭的眼睛，突然睁开并微笑
青山更加葱郁，悬空的雨滴
穿越鸟鸣和薄雾
字词幽静，从典籍里跃出
排列成句子与段落，送入
阅读者的手上和心中
大师正在燃烧的果树旁
与都市对弈
远眺：不负有心人——
功夫为人世的那一柱炊烟
负薪砍柴，背炭生火

（原载于《诗刊》，2024年第9期）

随喜帖 诗想 SHI XIANG

《赴永远的远》自序

李 铣

2021年春季,我开始梳理修订这些年写作的诗稿,同时因老屋即将拆迁,也忙于整理家父(李绍明先生)生前读过的图书,后家人决定将其专业图书全部无偿捐赠给父亲的母校四川大学。

父亲毕生追求人生理想,潜心治学研究,著述等身,并饱览中外学术专著,涉猎各类人文书籍,但随着他的离世,这一切均烟消云散、人去楼空矣!每每念及,不胜唏嘘感慨。我的诗作,更复如此,唯感欣慰的是:任何作品皆发乎于心、于情、于理,从不矫揉造作、无病呻吟,意图引导自己加深对人间之爱、世间之美、社会之善,以及人生、人性、生命、价值观等问题的思考和探求。这些外化于诗的审美产品,如能在同道者中引起一些共鸣或反馈,乃我的最大愿望,当属本书的一点价值所在。

当今世界正处于百年未有之大变局。从文化进程看,中国处于"现代性+全球性"的时态,诗歌创作亦是这一现实生活(包括思想精神活动)的观照和反映。"一个意象就是思想的一个中转站。"(赵汀阳)文学作品要注重历史哲学中"渔樵耕读"的意象表达。在历史作为"人文时间"的前置条件下,诗歌要具有文化自身的逻辑和符号:历史的见证者——"山水"、历史的言说者——"渔樵"。这既是传统人文精神的彰显,体现民族性;又是历史的方法论,体现世界性。衷心祝福在时代的卷轴上,中国诗歌文本在世界文学之林"各美其美、美美与共",且能创造出如"所过者化,所存者神"(《孟子·尽心上》)的杰出篇章。

这个愿望,于我或许是"永远的远",但犹如阳光普照下的万物生长,我将竭尽心力,奔赴而趋近……

是为序。

(收录于《赴永远的远》,漓江出版社2022年版,有删改)

《感动》后记

李 铣

谁要是读完我的诗章
他就透视了我心灵真相
　　　　——题记

生活常常使我感动。

一轮破雾而升的朝阳,一片知秋飘落的黄叶,一队背负重荷在山道上行进的农人,一个胸前挂着黄桷兰在路灯下读书的少女……都能够激起那来自心底的某种情愫。这些感动形之于外,便有了诗,便有了对诗的钟情和追求。

我写诗,绝非仅仅为了遣兴。题材无论大小,诗艺无论高下,总力图通过自我的声音,传达出一种思想、一份感情,抑或一些感觉,给读者一些有益的东西。

默然一想,我写诗已有十余个年头了,其间或断或续,写多写少,全凭心血来潮。过去和今天以至将来,我均未想到成为一个诗人,只想为我们这个赖以生存和演绎爱心的世界而歌而泣,既随意又惬意。但诗歌,确已构成我生命的一部分了。

写诗些许年,如酒醉踏歌,跌跌撞撞,可能至今没有跨入诗的门槛，留下的脚印也深浅不一，自觉惭愧得很。蒙朋友之帮助，家乡的出版社之不弃，将这些不成熟的诗作结集出版，心存万难表达的感激。特别一提的是，我小学和初中的老师裘慧丽，是她给了我文学的启蒙，使我从此走上了与文学为伴的道路；很多朋友给予了真诚的关心和热情的鼓励，使我更坚定了创作的信念。这些当是我终身感念的。

最后，在不安的心绪中感谢读完了这个集子的人。我只能说，朋友啊，盼望你的不吝批评。

1995年3月9日

（收录于《感动》，成都出版社1995年版，有删改）

我相信月亮上有水
——《月亮上有水》后记

李 铣

这里收录了 1995 年至 2014 年夏季本人创作的诗歌共 90 首。时间跨度之所以大,一是有集大成之意,二是便于读者更全面地了解我的写作历程。

为诗以来,时时回顾既往。我的小学语文老师裘慧丽培养了我对文学的爱好和兴趣,给予了我人文启蒙,这是我要终身感怀的。后入大学中文系就读,成都大学的专业授课老师耳提面命,就文学课程的讲解莫不浸入肺腑,尤以古典文学老师白敦仁教授、钟树梁教授、谢宇衡教授和文学概论老师钟文教授为甚。前三位教授已经作古,忆起课堂上诸位老师的音容笑貌、神采飞扬,以及对我们的谆谆教诲,令我恍如昨日,不胜唏嘘!他们的厚重学识和审美水准堪称大家风范,令我终身受益匪浅。大学学业未竟,适值中国诗歌的"黄金潮"涌来,读诗写诗在青年一代中蔚然成风,同窗好友郁创介绍我参加成都市原东城区文化馆诗歌创作组(红杏诗社),使我有了一个学习交流和发表作品的平台,更较大地提升了我的写作水平和技巧。这个时段给予我悉心指点和帮助的诗人朋友很多,特别是像大哥一样的创作组组长周贵祥，组里的笑程、曲博、付辉，以及本市诗人龙郁、李自国、阳光和、沈群、周渝霞、马及时、廖永德、何民等等，彼此不仅毫无保留地切磋诗艺诗技，互相展开热烈的批评，还成了真诚坦率的朋友。到工作单位以后，写作时断时续，也曾生出辍笔的念头。文艺界前辈方家吴凡先生、芜鸣先生、刘滨先生、田旭中先生、田明珍先生和社会学家陈昌文教授给我的鼓励颇多，让我一边不误工作，一边努力为文，并以自身榜样的力量鞭策着我。如此，我才一路走来，直至今日。

写作作为生活或生命的一个组成部分，除了需要符合文学的一般规律规则以外，最尚自然，最忌刻意，否则很容易落入应景之作、应时之作等窠臼，远离了写作的初衷和目的。同时，写作与生活的其他正向追求并无矛盾，而是相辅相成，大道相通。生活是创作的源泉，创作是生活的表现形式。我一直认为，写作是一项极其私密的活动，与社会活动没有必然的关联。但是，作为文学创作之产物的作品，应该被视为社会化的产品，一旦"出生"，就不完全属于作者本人了，故作者在创作过程中，一定不能唯我独尊、随心所欲，须有良心、良知、责任感乃至使命感，这才是一个写作者应有的心态和作为。

这些年的写作，犹如滩地行船，很紧张，亦疲累。我想画上一个休止符，又欲罢不能。面临写作，我感到激情犹如初秋的阳光，阵阵荡涤在心灵深处；文学的脉动让我回归本真、从容自足，这或许是久违的原生态生活和人生真谛的回响。

借此机会，谨向关心关爱我的师长、前辈和朋友道一声：感谢你们！是你们令我一生与诗有缘有分，与爱同伴同行！

　　本书的酝酿、编辑和出版，尤其需要致谢和铭记：20世纪40年代影响深远的七月派代表诗人木斧先生，以八十有三高龄，欣然为我作序，且多有褒奖与激励，我实惴惴不安；四川省社会科学院学者肖云先生、林科吉先生，从自身专业的角度对拙作给予中肯的评论，或透彻入理，或细腻入微，我受益良多；诗人马及时先生乃我多年的兄长，其精彩的文章勾起我久远的回忆，令我万分感慨又有些许忧伤；我的朋友、青年作家和诗人王国平在自身工作和创作十分繁忙之时，主动担当起策划、编辑和协调的事务，付出了艰辛的劳动；青年诗人刘春与长江文艺出版社的责任编辑沉河先生，其专业精神和工作效率使人敬佩；挚友王学义、方睿、蒲宗山、查瑞等，是他们的道义支撑与鼎力相助，方使本书能够顺当地完成和面世。

　　本书以"月亮上有水"为名，这既是其中一首诗的篇名，更寄寓了我的期望和梦想。我相信月亮上有水！

2014年9月于蓉城

（收录于《月亮上有水》，长江文艺出版社2015年版，有删改）

关于诗集《赴永远的远》的随感

李 铣

近来看到朋友转发的视频,大意是:从火星上看,"地球是如此的孤独渺小",犹如宇宙中游动的一颗尘埃。我就在想,那人类呢,文明呢,乃至诗歌呢?

当人类写作的精神品质被外化、固化,艺术审美价值就产生了。此乃一部文学作品的最低标准,抑或是最高标准,且具有独特的个体性和广泛的社会性。

有什么样的社会生活,就有什么样的内心观照。从文学评论的视角来说,"美即是生活"(车尔尼雪夫斯基语),换言之,作者所经历的自然与社会、人与事、爱恨情仇、喜怒哀乐等等,都将在作品中曲折表达,光彩熠熠。这既是一部诗集的文本概念,又是其美学意义所在。

作为有着 40 年写作历程的"老作者"(从 1982 年参加成都市原东城区文化馆红杏诗社起),我始终不懈地把追寻"真善美义"视为人生价值和生活目标,力图在作品中彰显人性之善、良心之美、良知之举,呈现社会主义核心价值观及健康正直的人品状态。

值得欣慰的是,举凡种种诗作都原则上艺术地展示了自身的思想感情和价值追求,以及悲喜交加的冲撞与融汇。

我不知道这种情怀的抒发，这种对"渺小"世界的叩问，能收到多少回响和反馈，但可以肯定地说，以"爱"为中心掀起的层层波澜，反推了我的生活进程和灵魂净化，并成为我似乎取之不竭的写作源动力。

至于创作方法、技巧和技术，"隐喻、象征、通感，甚至密码，是我用诗歌和之外的存在达成的一种默契"（龚学敏语）。对语言的发现和创新，是永无止境的；创造语言，某种意义上讲就创造了未来。

对创作及作品，我一直怀揣敬畏，尊重人心，所有情感的秘辛一经打开，就不可规避地属于你和他，被整个社会所审视所评判。如若拙作《赴永远的远》能给我的亲人、师长和朋友带来些许审美享受，我将感恩铭记，同时又将获得内在的鼓励和艺术方面的跃升。这种封闭式的循环、开放式的范式，既是良性的、积极的，又体现出艺术生命得以持续的可能性。

文学创作，可能伴人一生，也可能半道而止，但是有了"人性"的照耀，犹如人类文明洪流滚滚向前的一朵浪花，就不再孤独渺小、犹如尘埃。写作者也必会在这样的心态和场景中，获得隐秘的欢乐和伟力的支撑，使创作成为人生的一部分，生命亦因之不再孤行。诗歌和诗人融为一体，走上命运感召的长途，奔赴永远的远方！

如此，人事俱佳，功德圆满。

诗魂附体

李 铣

自何时起爱上诗歌？大概是高中后期吧。始于写作，则在大学期间，至今已有四十余年矣。回首初衷，是孤独感触发了我强烈的表达欲望。我是那个年代极少的独生子，从小就有寂寞、冷清甚至无助之感，故对内心的挖掘似乎比同龄者多些。适逢读诗满足了思想情感的需求和情绪的宣泄，于是提起笔来，比照试作。

结果一发不可收拾。写到今天，发现一个"悖论"：本想消弭孤独，反而更加孤独；越发孤独，却又不懈地与之做斗争。而诗歌，却延绵下去了！这是很有趣的个人文化"事件"。

乃至后来，特别是近些年，我对人性产生了深深的质疑，不确定感、不信任感倍增。同时，又深怀希冀，如电影《布达佩斯大饭店》中所言："还好！在这野蛮不复文明的世界里尚有一丝微弱的人性之光。"这人性之光，我以诗歌燧火，或可照彻心灵，照亮"一米之内"。

为了这份摸索，我的诗歌更加关注人生、人性、人心和人的命运，力图从个人生活的立场和认知去解读人类的终极问题，打捞一代人的集体经验与记忆。这，或许就是我不知道这种情怀的抒发,这种对"渺小"世界的叩问,能收到多少回响和反馈,但可以肯定地说,以"爱"为中心掀起的层层波澜,反推了我的生活进程和灵魂净化,并成为我似乎取之不竭的写作源动力。

至于创作方法、技巧和技术,"隐喻、象征、通感,甚至密码,是我用诗歌和之外的存在达成的一种默契"(龚学敏语)。对语言的发现和创新,是永无止境的;创造语言,某种意义上讲就创造了未来。

对创作及作品,我一直怀揣敬畏,尊重人心,所有情感的秘辛一经打开,就不可规避地属于你和他,被整个社会所审视所评判。如若拙作《赴永远的远》能给我的亲人、师长和朋友带来些许审美享受,我将感恩铭记,同时又将获得内在的鼓励和艺术方面的跃升。这种封闭式的循环、开放式的范式,既是良性的、积极的,又体现出艺术生命得以持续的可能性。

文学创作,可能伴人一生,也可能半道而止,但是有了"人性"的照耀,犹如人类文明洪流滚滚向前的一朵浪花,就不再孤独渺小、犹如尘埃。写作者也必会在这样的心态和场景中,获得隐秘的欢乐和伟力的支撑,使创作成为人生的一部分,生命亦因之不再孤行。诗歌和诗人融为一体,走上命运感召的长途,奔赴永远的远方!

如此,人事俱佳,功德圆满。

诗魂附体

李 铣

自何时起爱上诗歌？大概是高中后期吧。始于写作，则在大学期间，至今已有四十余年矣。回首初衷，是孤独感触发了我强烈的表达欲望。我是那个年代极少的独生子，从小就有寂寞、冷清甚至无助之感，故对内心的挖掘似乎比同龄者多些。适逢读诗满足了思想情感的需求和情绪的宣泄，于是提起笔来，比照试作。

结果一发不可收拾。写到今天，发现一个"悖论"：本想消弭孤独，反而更加孤独；越发孤独，却又不懈地与之做斗争。而诗歌，却延绵下去了！这是很有趣的个人文化"事件"。

乃至后来，特别是近些年，我对人性产生了深深的质疑，不确定感、不信任感倍增。同时，又深怀希冀，如电影《布达佩斯大饭店》中所言："还好！在这野蛮不复文明的世界里尚有一丝微弱的人性之光。"这人性之光，我以诗歌燧火，或可照彻心灵，照亮"一米之内"。

为了这份摸索，我的诗歌更加关注人生、人性、人心和人的命运，力图从个人生活的立场和认知去解读人类的终极问题，打捞一代人的集体经验与记忆。这，或许就是诗歌创作实践的价值和意义。

  关于终极关怀，实为人的生死关系之根本，事关存在的意义。凡与人类生长性有关的问题研讨，均可视为关切关怀。人活一世，草木一生，而人又不同于草木，因为人是有着高级思维和创造性的动物。此生命共同体的社会意义，乃具有无限的成长空间、全面发展和审美意向。"文学即人学"（高尔基），从哲思的高度提供了启示性的台阶。诗是文学巅峰上的明珠，永恒地辉耀世间，就像幽魂附体，引诱众生攀缘采撷……如此形成的人文路径，构筑了社会历史的重要情感存在，直击人类心灵的柔软，使生命具有了神圣而神秘的意义。

  终极关怀永远在场，生死之问永无答案。诗亦然！

（原载于《草堂》，2023年第4卷，有删改）

代后记

李 铣

退休之后,虽还担负文联的工作,也算是"社会人",有较多时间用于阅读、思考和写作,不亦乐乎,不亦忙乎。

阅读可作为一种思考问题的方式和过程,而写作实践足以把这种思考用来抗拒人性之恶,也即抵御"最本质意义上的非人化和人的废料化"(徐贲)。每当写毕或修改完自己的作品,都顿感如释重负、轻松自如;或自赏,或交流,或发表,皆作"身外之物",再不想念矣。若遇释论和点评,则视若珍宝,反复研阅并收藏,以此自勉和自我鞭策,特别蕴含一份难得的诗情厚谊!不知不觉间,这些珍贵的文章已有不少,我也时常翻检细读。

近来,挚友王国平先生提议,将这些论诗文章和散记集束成册。我本无心,以为文论虽是上佳,但自己的作品仍显稚嫩,创作尚在曲折摸索之中。何况写作乃独立和孤独的劳动,就其个体意义来讲,也许是兴趣与爱好、思索与抒发、救赎与升华之所在;而对社会、集体来说,抑或无甚意义和价值,犹如历史的过眼云烟。这条巨大的沟壑,大多数写作者毕其一生,也难以有效填充,我则属于此类。然国平数次执己之见相劝,令我感动,故勉为应允。刚好借此契机,由衷感谢数十年来,为我和我的作品写下这些具有真知灼见、饱含殷切期许的论诗述人之作的大家朋友。

感谢本书的所有作者！他们是我的前辈、先生、兄妹；虽然是诗歌使我们汇聚在一起，但我们之间更多的是思想和情感、青春和飞翔、热血和眼泪、茶和酒。一辈子的诗思诗情，相携并进，仿佛车轮滚滚，还在奔赴途中。

感谢为此书作序的梁平先生！他的大家风范和对我兄长般的关怀，是我铭记于心、时时感念的情愫与记忆。

尤其谢谢本书的主编王国平先生！没有他的建议和坚持，亦无此集的付梓。国平与我家素有渊源，知根知底，这次不吝劳神，梳理许多资料，主持编撰事务，更贡献了专业的编辑水准和审美眼光。还要致谢为玉成此书付出辛劳的庞惊涛先生、李斌先生、吕品先生及马金艳女士！

"我偏爱我对人群的喜欢，胜过我对人类的爱。"（辛波斯卡）"道谢了！"——于我，这句话太过普通，又太沉重。"溪声斗似银河落，惊断诗书一梦魂。"（宋·黄庶）愿人性之美超越幽暗，愿诗歌不成为多余，愿诗人永驻人们心间。

是为记。